Patricia Reimóndez Prieto (Ponferrada, 1978) estudió postproducción audiovisual en la Escuela de Cine de Ponferrada, que ya no existe como tal. Desde entonces ha trabajado en varios documentales y hasta ha codirigido uno propio. Pero como de lo que hablamos aquí es de literatura, sus primeros relatos fueron publicados en las tristemente desaparecidas revistas *Argonautas* y *Alfa Eridiani*. También en la I *Antología Argonautas* de la editorial Argonautas (editorial que ya no existe, ella promete no ser gafe, pero cualquiera se fía). Más recientemente ha sido seleccionada en las antologías de la Asociación de Castilla y León de Fantasía, Ciencia Ficción y Terror *Kalpa V: Relatos de naves nodrizas en Castilla y León* y *Cylcon I: Forastero en tierra extraña*, que se publicará próximamente. Ha autopublicado el relato de ciencia ficción *Error 404*, disponible en Lektu. Y en su blog, deprincesasymeigas.com, escribe sobre cine, series, libros, incluso videojuegos. De vez en cuando, también publica relatos propios, hasta una novela por entregas entre la fantasía y la ciencia ficción: *La maldición*.

@PatriciaReimndz

Ilustración de portada: @madameardent (Gabriela Rey)

El mundo de Mara se muere, el sol abrasa y el agua hace tiempo que dejó de bajar abundante por el río. Todo a su alrededor es escasez y agonía. Si no hace nada enseguida, ella y su familia perecerán lentamente. Solo existe un lugar al que acudir, uno que permanece verde mientras en el resto todo es polvo y aridez: el Bosque de Robles. Claro que eso no va a ser fácil. La leyenda dice que nadie ha sobrevivido jamás al encuentro con la dríada, la protectora del bosque. A pesar de las señales adversas y la hostilidad del lugar, Mara se adentra en él dispuesta a arriesgar su vida para conseguir el alimento que tanto necesitan ella y los suyos. Su valentía y obstinada voluntad llamarán la atención de la dríada, pese a que esta desprecia a los humanos. Mara descubrirá que, más allá de la supervivencia, su coraje le abre la puerta a un premio mucho mayor del que jamás habría podido soñar.

Nía, la primera *novelette* de Patricia Reimóndez Prieto, es la historia de una humilde campesina que desea darle un futuro a su familia. La protagonista no es una elegida de brillante armadura y dones especiales. Ella pertenece a los que no tienen nada, a los aparentemente insignificantes. La autora está convencida de que la lucha por la supervivencia es la más épica de las gestas. En un mundo deshumanizado marcado por la guerra, la fraternidad, la solidaridad y el respeto por la naturaleza pueden ser las respuestas.

NÍA

NÍA

PATRICIA REIMÓNDEZ PRIETO

Primera edición: marzo de 2022

© Patricia Reimóndez Prieto, 2022
© Letras Raras Ediciones, S. L. U., 2022
© Gabriela Rey @madameardent, ilustración de la portada, 2022

LES Editorial pertenece a Letras Raras Ediciones, S. L. U.
www.leseditorial.com
info@leseditorial.com

ISBN: 978-84-17829-63-6
IBIC: FM

A mi madre.
Sé que esta historia te habría encantado.

«Si la ves, sal del bosque.
Más allá de los robles no tiene poder».

Antigua leyenda.

¿Quieres escuchar la banda sonora de esta historia?

Contó en voz alta a los niños. Formaban una fila perfecta, de eso se había encargado ella. Los más pequeños delante, los mayores detrás. Tenían entre seis y nueve primaveras y permanecían tiesos, todo lo rectos que eran capaces de estar, mientras ella posaba una mano en sus cabezas y sumaba un número más.

—Once, falta uno.

Siempre había un rezagado que se había quedado dormido o había sufrido un percance intestinal antes de salir de su casa. Las excusas eran muchas, ingenio les sobraba. Lo vio correr a lo lejos. Anxo, de nueve, llegó despeinado, a medio vestir y colorado.

—Lo siento mucho, Ela. Es que...

Cortó su discurso con un movimiento de mano.

—A la fila, venga.

—Sí, Ela.

Los guio por la senda que los llevaría a las afueras. Allí comenzaría la lección. El camino era largo, más para aquellos mocosos de piernas cortas a medio hacer. Procuraba ir a un ritmo pausado, como dando un paseo, para que nadie quedara rezagado, y comprobaba cada poco, echando una mirada atrás, que todos estuvieran bien.

—¿Ela?

—¿Sí, Irimia?

—¿Cuánto queda?

—Solo un poquito más.

El poquito dependía de la perspectiva, claro estaba. No era una mentira desde la suya, una mujer mayor y adulta, pero desde la de una niña de apenas seis primaveras ya era otro cantar.

—Vamos, mantened el ritmo.

Los oía resoplar y quejarse por lo bajo. Y aún tuvo que escuchar algún que otro «¿cuánto queda?» antes de llegar al destino: las tierras que se encontraban al final del bosque.

—Bien, niños, es aquí. ¿Tenéis las semillas preparadas?

Las protestas esta vez fueron más vehementes.

—Estoy muy cansada, Ela.

—Y yo también, Ela.

—¿Puedo beber agua antes, Ela?

—¿Y comer un poco, Ela?

Dio varias palmadas que resonaron en el aire.

—¡Silencio, ya está bien! Vais a gastarme el nombre.

En realidad, no se llamaba así. Ela era el mote cariñoso que le habían puesto porque bien podría ser su abuela. Nunca lo reconocería delante de ellos, pero así los sentía, como si todos fueran sus nietos. Unos duendecillos que a veces, solo a veces, conseguían ablandar su corazón; algo que no era muy difícil por mucho que ella se empeñara en mostrar lo contrario.

—De acuerdo, dejad de mirarme con esos ojillos de cordero. —Todos gritaron entusiasmados—. ¿No os he dicho que silencio? —Y callaron de inmediato—. Podéis sentaros un rato y tomar un tentempié. Pero en silencio.

Los pequeños se acomodaron en el suelo, el terruño donde deberían depositar las semillas que llevaban en sus zurrones de cuero. Aquel trabajo era simbólico, con él Ela intentaba enseñarles una lección vital. Dos veces en cada ciclo solar, una en primavera y otra en otoño coincidiendo con los equinoccios, se llevaba a los niños con la edad adecuada. Mientras los miraba y se sentaba frente a ellos pensaba en cómo algo que solo le debería llevar media mañana, al final siempre sobrepasaba el mediodía con creces. Y eso que sabían que una vez acabaran tendrían el resto del día para jugar.

—¿Ela? —preguntó con timidez Aloia, la más pequeña, después de que su hermano Uxío la incitara a hablar con un codazo.

—Dime, Aloia.

Sabía de sobra qué quería decirle, nunca fallaba. A veces hasta adivinaba quién de todos ellos sería el que le hiciera la gran petición.

—Mientras comemos... —formó las palabras una vocecilla aguda y temerosa.

—¿Sí?

—¿Nos cuentas la historia?

Los miró a todos muy seria para que creyeran que sopesaba si se merecían semejante premio y que no estaba del todo segura de que así fuera. Un «por favor» fue creciendo desde el centro del semicírculo a los extremos, desde los niños más veteranos, con los que ya empezaban a no funcionar sus tácticas de anciana exigente y severa, hasta los más novatos e impresionables.

—Está bien, está bien, pero después no quiero ver ni una sola semilla en vuestros zurrones. —Los niños gritaron triunfales, casi la dejan sorda—. Silencio, silencio. Y ya podéis estar tranquilos, a la primera interrupción dejo el relato. ¿Estamos?

—¡Sí! —respondieron todos juntos.

—Bien, veamos, necesito recordar las palabras exactas. Esta historia no puede comenzar de cualquier manera.

Un montón de ojos expectantes la observaban y ella no pudo disimular media sonrisa. Sí, bueno, estaba tan encantada como los niños, pero eso era mejor que no lo supieran. Ela carraspeó y comenzó su narración.

CAPÍTULO 1

Las leyendas se fraguan de formas inimaginables. La mayoría cuentan hazañas de poderosos guerreros, fuertes y valientes, que se sacrificaron por sus pueblos y que vencieron a un mal todopoderoso. Esta es diferente a todas ellas porque no nació del deseo de gloria ni se alimentó del valor empuñado en una espada. Surgió del hambre y creció en ese frío que existe cuando el presente avanza sin futuro.

Esta historia sucedió en un tiempo ahora lejano, cuando el mundo estaba dominado por los señores de la guerra. Enfrentados entre ellos por su afán de conquista, habían olvidado cuál era su función en este mundo: servir a su pueblo. Así que, mientras ellos destruían todo a su paso, la gente malvivía tanto que ni a aquello se lo podía llamar sobrevivir. La tierra, regada con la sangre de los muertos en vez de con el agua de la lluvia, se fue volviendo yerma, incapaz de engendrar siquiera un brote de mala hierba. Sin campos prósperos no hubo forma de alimentar a los animales y poco a poco fueron desapareciendo.

Cuando a las personas ya solo les quedaba esperar a que les alcanzara el mismo destino que a sus animales, hubo alguien que miró al único lugar que se mantenía vivo, un lugar prohibido: el Bosque de Robles, la morada de la dríada.

En el Bosque de Robles nadie entraba, ni el viento del otoño ni la nieve del invierno, ni siquiera el sol abrasador del verano. Era un paraíso en primavera perpetua que observaba al resto del mundo desde una colina, su atalaya natural, ajeno a él, a salvo de él. Mientras todo a su alrededor perecía, volviéndose polvo sobre polvo, él se alzaba verde y abundante, soberbio y burlón, hasta parecía que se regocijaba con la desgracia de los humanos.

La leyenda del Bosque de Robles contaba que al principio de los tiempos los humanos acudían a él para cazar y recolectar sus frutos; el lugar los acogía como a uno más y su protectora, su señora la dríada, incluso simpatizaba con los hombres y mujeres que pasaban por sus dominios. Hasta que llegó un día en el que, cansada de su presencia, los expulsó. Y desde entonces solo un loco sería capaz de acercarse siquiera. Nadie que hubiera osado adentrarse en el Bosque de Robles había regresado jamás. Tampoco los señores de la guerra con sus grandes ejércitos que, despreciando la leyenda, intentaron conquistar aquella tierra inconquistable. Ni la soberbia ni la locura sobrevivieron al encuentro con la dríada. Pero ¿qué hay de la fuerza que se oculta tras la desesperanza?

La primera vez que Mara fue hacia el bosque no llevaba más que un saco de arpillera, viejo y ajado, y el cuchillo más grande que encontró en la casa que compartía con su madre y el único hermano que le quedaba. Ese cuchillo se usaba, antaño, para degollar y despellejar a los conejos y podría esconderse con facilidad, si fuese necesario, en el interior de una de sus botas de piel, tan desgastadas que en dos caminatas más tendrían bocas por las que asomarían los dedos de los pies. Al menos, antes de partir a espaldas de su madre y con la obligada complicidad de su hermano, lo había afilado bien. Si iba a morir en el intento, sería dejando huella en forma de cuchilladas.

La determinación con la que había caminado hasta el Bosque de Robles, hasta el comienzo de sus dominios, se tambaleó nada más poner un pie dentro. Sintió el temblor del bosque, la alerta que recorrió la tierra, la vegetación y hasta la última rama de los árboles ante su presencia. El miedo, ahora que tomaba conciencia de lo que había hecho de verdad, hizo que de pronto olvidara lo que era andar y se quedó de pie, dentro de la espesura, aferrando su saco y, sobre todo, su cuchillo. Miles de ojos puestos en ella, de aves y roedores, pero también de animales de presa, de rapaces y, por supuesto, también los de ella, la dríada.

Le pareció tan poca cosa, escuálida como ningún humano que hubiera conocido antes en aquel tiempo lejano en el que les permitía pasar. Los ojos hundidos, los pómulos marcados y su piel tostada por el sol, seca y cuarteada, sin duda le hacían parecer mayor de lo que era. Bien seguro que no tenía nada más que aquello que sostenía con fuerza entre sus manos, así se agarraba el mortal al último aliento que le quedaba. El bosque se agitó, aleteando en las copas de los árboles, preguntándole qué debían hacer. Sintió curiosidad, así que esperó a que la humana diera el siguiente paso, ¿avanzaría o retrocedería? Cuando lo que te espera a tu espalda no es mejor que la perspectiva que se encuentra frente a ti, la decisión es fácil: adentrarse más en el bosque.

Para Mara fue como estar en otro mundo, imposible e irreal. La temperatura había descendido y la luz, abrasadora e implacable en el lugar del que provenía, se filtraba entre las hojas de los árboles descendiendo como hilos dorados sobre las flores y los arbustos. Blancos, rojos y amarillos salpicaban el verde que todo lo dominaba. No existía camino alguno, pues nadie lo había creado al pisar la hierba con sus pies una y otra vez; en cada paso necesitaba alzar sus piernas por encima de ella para avanzar con más facilidad. El aire se llenaba con el sonido de las hojas agitadas por la brisa y el canto de pájaros que parecía venir de todas partes. Avanzaba despacio, intentando tranquilizar su corazón, llenando y vaciando los pulmones poco a poco, diciéndose a sí misma que se calmara; si no lo conseguía, al menos lo habría intentado.

Y mientras la humana caminaba a través de una vegetación que casi le llegaba por las rodillas, la dríada no tuvo más remedio que susurrarle al bosque para que aquella intrusa tomara la dirección correcta.

El primer ataque llegó por aire y fue solo una advertencia. El halcón voló en círculos sobre la joven campesina. Mara, al verlo amenazante en el cielo, aceleró su marcha y, al comprobar que el ave la seguía, comenzó a correr. El halcón era mucho más rápido y en un descenso veloz pasó rozándole la cabeza. Creyó que se había zafado de él al golpearlo con el saco; lo vio ascender y desaparecer tras las copas de los árboles. Antes de seguir su marcha, lo buscó con la mirada para cerciorarse de que se había ido y cuando sus ojos escudriñaban al oeste, el halcón apareció por el este. Se lanzó en picado y a Mara no le dio tiempo a esquivar el golpe. Las garras del ave la alcanzaron en la frente, arañándole la piel, y la fuerza del impacto hizo que cayera al suelo de culo. Se arrastró hasta un roble sin dejar de mirar hacia arriba y allí se resguardó, apoyando la espalda en su tronco. Se tocó la frente y observó la sangre en sus dedos. Quizás no saliera de allí. Quizás tampoco avanzase mucho más. Quizás.

Las ramas comenzaron a llenarse de pájaros. Cada árbol que la rodeaba quedó repleto de aves y en sus ojos se leía clara una última oportunidad para recapacitar, para que regresara a su verdadero mundo. Pero a ella le dio igual, se levantó y los miró desafiante; había tomado una decisión mucho antes de entrar en aquel paraje, una decisión que no contemplaba cambiar de opinión. Con el cuchillo en la mano y el brazo extendido, continuó su camino hacia el centro del bosque, girando sobre sí misma, mirándolos a todos para que entendieran que no estaba dispuesta a echarse atrás.

—No voy a irme —les gritó—. ¿Me oís? Haced lo que tengáis que hacer.

El segundo ataque hizo temblar las hojas de los robles y agitó sus brazos al librarse del peso de cientos de pájaros. Mara, al ver cómo oscurecían el cielo, reemprendió la carrera, no para huir, sino para llegar antes a la meta. A las aves les resultó fácil alcanzarla, era terca pero, como ya he dicho, no rápida. Desgarraron sus ropas con las garras y le tiraron del pelo, arrancándole incluso algún mechón. Picotazos en la espalda, en la cara, en esos brazos y esas manos que no dejaban de agitarse en el aire blandiendo un mísero saco y un ridículo cuchillo de cocina. Pero seguía corriendo y corriendo en la dirección contraria a la deseada. Y si tropezaba y rodaba por el suelo, conseguía levantarse para correr de nuevo. Y si la agarraban por los hombros alzando su cuerpo enclenque para dejarla caer después, no gritaba, no suplicaba. Golpeaba con su saco, empuñaba en el aire su cuchillo y volvía a ponerse en pie, y volvía a correr, y cada vez estaba más cerca del corazón del bosque.

Encontró refugio y descanso en un viejo árbol con el tronco hueco. Algunos pájaros intentaron picotearla desde el agujero, que tenía el tamaño justo para que su menudo cuerpo pasara. Defenderse de ellos, cuando solo podían atacarla de frente, era fácil; más de uno no solo se llevó golpes de saco o patadas, también cortes. Y así, entendiendo que no conseguirían nada, los pájaros se alejaron.

El tercer ataque empezó mucho antes del primer gruñido, en el silencio del que se agazapa, del que te observa en la distancia y te va cercando poco a poco. No hubo tiempo para mirarse las heridas, porque el olor de la sangre que emanaba de ellas los llamaba. No hubo tiempo para recuperar el aliento: el árbol se estremeció golpeado desde fuera por un gran cuadrúpedo.

En cada embestida del poderoso oso el tronco se inclinaba más y, cuando sus raíces comenzaron a asomar, la intrusa no tuvo más remedio que salir. Reptando por un hueco, que ahora estaba más cerca de la tierra, abandonó su refugio. Sentada en el suelo se alejó hacia atrás impulsada por manos y pies, fija la mirada en el oso pardo que dejó tranquilo al árbol para rugirle a ella.

Todo fue una treta, un ataque sincronizado; distraída por el animal de mayor tamaño que habitaba el bosque, el lobo que lideraba una manada oculta entre la vegetación se abalanzó y la agarró por un tobillo. Mara, al sentir los colmillos atravesando su piel hasta clavarse en el hueso, ahogó un grito apretando los dientes hasta que le dolieron las mandíbulas. El lobo tiraba de ella, alejándola del interior del bosque, acercándola a la salida. Ella quiso zafarse lanzando patadas con su pierna libre, golpeándolo con el talón para que abriera sus fauces, pero cuanto más se revolvía, más se cernían los colmillos, desgarrando la piel y la carne. Mara ya no pudo aguantar el dolor y gritó.

El lobo la arrastraba. Mara, en algún punto, había soltado su saco, pero aún conservaba el cuchillo. Pensó que tal vez pudiera alcanzarlo con él, herirlo lo suficiente para que liberara su tobillo, solo necesitaba acortar la distancia. Agarró la pierna que la fiera tenía atrapada con su mano libre y tiró de ella como si fuera una cuerda; doblando la rodilla la encogió. Debía hacerlo rápido, no aguantaría mucho así mientras seguía tirando de ella, mientras sus colmillos penetraban y destrozaban su tobillo. La mano derecha, la que sujetaba el arma, se lanzó contra su agresor en un movimiento certero, directo al hocico del animal. El corte, que iba desde la base del ojo izquierdo hasta el inicio de su nariz, comenzó a sangrar. El lobo soltó la pierna de Mara y empezó a agitar la cabeza. Le dolía el morro y la sangre se le metía en el ojo. Con una pata trató de limpiarla, pero era inútil porque no dejaba de sangrar. Ella lo observó moverse nervioso desde el suelo sin atreverse a ponerse de pie, sin querer comprobar cuánto le iba a doler intentar andar. El lobo estornudaba, la sangre le entraba en la nariz, sacudía la cabeza y se pasaba la pata por el ojo como si estuviera poseído. Ella miró y esperó con el cuchillo en la mano, preparada por si el animal volvía a la carga. Entonces recordó que los lobos nunca iban solos y se preguntó dónde estarían los demás: esperando a cubierto en la hierba alta que estaba a su alrededor.

Como no podía perder más tiempo, rasgó parte de sus ropas y con ellas se vendó el tobillo. Decidió que sería mejor volver arrastrándose siguiendo el camino contrario al que le había obligado a hacer el lobo, guiada por la vegetación que su cuerpo había aplastado. Procuró ser lo más sigilosa posible, impulsándose con los codos y las rodillas para hacer el mínimo ruido. Creyó oírlos avanzar en paralelo a ella, a ambos lados, y empezó a ir más deprisa; codo derecho, rodilla izquierda, codo izquierdo, rodilla derecha, poco importaba ya ser silenciosa.

Encontró su saco, se detuvo y lo cogió. Creía que lo había perdido para siempre. Apoyó la frente sobre él y cerró los ojos. Deseó recordar las cansadas plegarias de su madre a esos dioses ausentes, tal vez a ella la escuchasen, tal vez se apiadaran y la ayudasen.

—No hay ningún dios, estúpida —se dijo—. Así que levántate ahora mismo.

Lo hizo, se incorporó apoyándose primero en la pierna sana y, cojeando, volvió a correr. Inimaginable era el dolor de aquel tobillo cada vez que tocaba el suelo. Su cuerpo, al sentir cómo reprimía no solo los quejidos, sino la más mínima mueca de dolor, no tuvo más remedio que aliviar el sufrimiento dejando escapar lágrimas silenciosas que empañaban los ojos y empapaban las mejillas. Llegó un punto, cuando ese dolor alcanzó cierto umbral, en que su mente se convenció de que ya no era capaz de sentirlo. Tal fue su voluntad que cuanto más avanzaba, cuanto más usaba esa pierna maltrecha, más deprisa conseguía ir. Y, aunque a veces se trastabillaba, no dejaba de intentar ser más veloz que los lobos, que aparecían y desaparecían de su visión periférica. Sobrepasó el árbol hueco que había usado de refugio y, temiendo reencontrarse con el oso, miró a ambos lados sin detener su renqueante carrera. Aun así, no previó lo que se le venía encima.

Sintió una fuerte embestida en el costado izquierdo que la lanzó por los aires. Escuchó el crujido de varias costillas al estrellarse su cuerpo contra el tronco de uno de los robles. Descubrió a qué sabía la tierra mezclada con su sangre al caer de bruces en el suelo. Alzó la mirada y se encontró frente a frente ante un ciervo de cornamenta imponente que la instaba a quedarse donde estaba golpeando la tierra con la pezuña. Pero a ella le dio igual, se deslizó como pudo para recuperar su cuchillo mientras cogía aire con dificultad; sus costillas al expandirse no gritaban, aullaban, quizás no le quedase ni una sana. Alcanzó el saco de arpillera, pero, en cuanto lo agarró, uno de esos lobos que la había perseguido con la suficiencia del que sabe que te pillará tarde o temprano, mordió el extremo opuesto y tiró de él para intentar arrebatárselo de las manos. Se resistió, como se había resistido todo el camino, y sacó fuerzas de donde aún le quedaban, el orgullo, para evitar que el saco se le escurriera entre las manos. El lobo agitaba el saco de un lado a otro y ella seguía aferrada a él, apretando los dientes, aguantando las sacudidas a izquierda y derecha. El halcón volvió y se lanzó sobre ella, arañando con las garras su mejilla derecha. Al tener que usar uno de sus brazos para intentar protegerse, el lobo consiguió quitarle el saco en el siguiente tirón.

***

Hizo una pausa en la narración, le gustaba detenerse en ese momento en especial, cuando los ojos de los niños la miraban sin pestañear, cuando contenían el aliento.

—Necesito un poco de agua —dijo mientras buscaba sin prisa su odre—, tanto hablar me deja la boca seca.

Bebió despacio, alargando la pausa, poniendo a prueba la impaciencia infantil.

—¿Y qué pasó después, Ela? —rompió Nuno el silencio, un niño tan menudo como espabilado y con el pelo, negro como la noche, siempre de punta.

—Shhh... Calla, que si no, no nos lo cuenta —le recriminaron los demás.

—Pero si no he dicho nada...

—¡Que te calles!

Sonrió, carraspeó y los miró fijamente, silenciándolos al instante.

—¿Por dónde iba? Ah, sí, el lobo se había llevado su saco. —Tomó aire de un modo ceremonial y prosiguió—: Tumbada en el suelo boca abajo, apoyaba la frente sobre los brazos. Le costaba un mundo respirar, lo hacía a pequeñas y lentas bocanadas. El bosque, al verla así, creyó que ya se había rendido y que se iría para nunca volver.

Recorrió con la mirada a todos y cada uno de sus pequeños oyentes mientras contaba cómo la dríada, al mirar a aquella muchacha de ropa desgastada hecha girones, con el pelo revuelto lleno de tierra y hierba, con el vendaje del tobillo teñido de rojo oscuro, llena de magulladuras y con varias costillas rotas, supo que volvería a levantarse.

—«Basta», les dijo a las aves; «es suficiente», a los lobos y a los ciervos; y el bosque volvió a la calma; y el bosque permaneció quieto. —Observó cómo abrían los ojos y la boca los más pequeños, cómo sonreían entusiasmados los mayores—. Llegó al corazón del Bosque de Robles acompañada por un gran silencio y allí descubrió algo asombroso: árboles frutales de todas las clases existentes crecían alrededor de un gran lago.

—¡El lago de agua mágica! —gritó entusiasmado uno de los niños de más edad, no identificó cuál.

—Shhh... —le ordenaron los demás.

—Sí, cierto, pero ella no sabía que su agua era mágica. No lo supo hasta que sació su sed y se lavó la cara. Aunque tardó en entender que el cosquilleo que sentía en su interior a medida que bebía no era porque su estómago, acostumbrado al vacío, se sintiera extraño al llenarse, sino porque el agua estaba reparando las costillas rotas. Lo comprendió al mirar cómo, además de lavar la sangre de sus manos, hacía desaparecer los arañazos. Se tumbó en la orilla del lago, a la profundidad justa para que sus aguas se llevaran la mugre de su piel y sanaran las heridas sin temor a morir ahogada.

***

Se quedó un rato mirando al cielo, que sobre el lago era visible, ya que allí no había copas frondosas que lo ocultaran. El agua le tapaba los oídos y escuchó su propia respiración, grave e intensa, pero también suave y acompasada. Qué tranquilidad, qué paz, como cuando era una niña. Pronto vino a su mente el motivo por el que estaba allí y que, con él a cuestas, debía salir. Se incorporó y recordó con fastidio que ya no tenía el saco. Miró a su alrededor buscando una solución, porque intentar encontrarlo no le pareció una buena idea. Su madre hacía cestillos con ramas finas y flexibles; conservaba el cuchillo y estaba rodeada de un montón de árboles. Cortó ramas, las limpió y las entrelazó unas con otras hasta crear la forma adecuada. El resultado no era muy bonito, pero sería resistente y lo bastante grande para llevar los frutos necesarios para dar esperanza a su familia. Trepó por los troncos y agitó las ramas hasta que el cesto quedó lleno. Volvió a mirar al cielo, se estaba haciendo tarde. Colocó el cestillo en su cabeza, aferró su cuchillo y tomó aire antes de emprender el camino de regreso a su casa.

La siguió, paralela a ella y a cierta distancia, espiando entre los árboles cómo se iba de sus dominios cargada con sus frutos. Observó su alerta, su mirada de desconfianza, su cuerpo preparado para repeler como fuera cualquier acometida. Contempló cómo, a medida que avanzaba sin que ningún animal se interpusiera en su camino, esa mirada primero reflejó desconcierto, después incredulidad y, al final, alivio. Y aunque sus músculos se fueron relajando poco a poco cuanto más se acercaba al final del bosque, nunca dejó de mirar atrás cada tres o cuatro pasos, nunca dejó de agarrar con fuerza el cesto donde trasportaba la fruta, ni el cuchillo que empuñaba.

La vio alejarse hacia ese lugar yermo que se veía en la lejanía. La humana aceleraba y frenaba su paso, en una lucha entre la felicidad desbordada y la prudencia. Seguro que había ido a su bosque en secreto y con pocas esperanzas de lograr salir; seguro que entre zancada y zancada estaba preparando una buena mentira, una creíble, para el botín que llevaba. Miró a sus pies, parados en el límite de la arboleda, sin poder avanzar más allá, sin posibilidad de espiar a esa muchacha cuando llegara a casa, cuando derramara las frutas sobre la mesa del comedor al mismo ritmo que lo harían sus lágrimas. Se preguntó si tendría hijos o hermanos. ¿Cómo sería la familia que la esperaba allí? No sabía las respuestas a esas preguntas, salvo que aquella escuálida campesina estaba dispuesta a dar su vida por ella.

***

—Al principio, mientras el temor y el respeto que le provocaba el bosque aún no habían desaparecido, regresaba a él solo cuando el hambre volvía a apretar —narró Ela a sus nietos adoptivos, a sus niños, mientras ellos daban bocado tras bocado sin apartar la vista de ella—. La confianza creció al mismo ritmo que la esperanza, lenta pero sin pausa. Sus viajes al lugar prohibido se volvieron más asiduos y pasó de solo llevar un saco de arpillera para recoger frutos a poner trampas para conejos. A los habitantes del bosque no les gustaba su presencia, no entendían por qué su señora le permitía entrar y salir como si nada. Por qué se limitaba a seguirla en la distancia, a observarla a escondidas, evitando con sumo cuidado que aquella intrusa se diera cuenta de su presencia.

Sacó un trozo de queso de su zurrón y cortó un pedazo. Los niños esperaron a que ella lo masticara y lo tragara, a que después se refrescara la garganta.

—Prefirieron creer que algún día su señora se daría cuenta de su error, que despertaría y entendería que no había nada interesante en una humana desarrapada que cogía lo que deseaba del bosque como si fuera suyo. —Sonrió a su audiencia, tan concentrados estaban algunos que se les escurría parte del pan o la carne ahumada de la boca sin que se dieran cuenta—. A la dríada, sin embargo, sus quejas le hacían gracia; pobres, no sabían ver más allá, donde se encontraban las respuestas. Porque siempre volvía sola, porque siempre murmuraba palabras de perdón y agradecimiento a las liebres que cazaba en sus trampas, porque nunca se llevaba más de lo que necesitaba.

—Ahora viene cuando... —le dijo Lúa a Roi al oído, ambos de ocho primaveras, la primera extrovertida, el segundo tímido y con el rojo en las mejillas casi permanente.

—Nos está mirando, Lúa —la interrumpió Roi y su amiga enmudeció.

—Ay, a su madre —prosiguió ignorando a los dos niños—, qué poco le gustaba que ella siguiera yendo al bosque. Sus advertencias, después de días sin que su hija regresara de la morada de la dríada con más heridas que las magulladuras que se hacía al trepar por los árboles, se acallaron, aunque no su preocupación. Por alguna extraña razón la dríada la dejaba entrar. Cada noche rezaba a sus dioses para que no cambiara de opinión como el ser caprichoso que la leyenda decía que era. Con lo que no contó fue con el exceso de confianza de su única hija.

CAPÍTULO 2

El carro era pequeño y sus ruedas estaban tan desgastadas que habían perdido parte de su forma circular. Vibraba como si en vez de un camino acolchado por la hierba estuviera recorriendo uno arenoso cubierto de piedras. Se lo había cambiado al panadero por dos liebres. Mientras tiraba de él con todas sus fuerzas, inclinando el cuerpo hacia delante hasta el límite del equilibrio, se regocijaba en la imagen de aquel hombre calvo y de gran bigote mirando aquellas liebres como si fueran un espejismo.

Cuando por fin consiguió llegar al lago, soltó el pequeño remolque y se fue corriendo hacia el agua. Se arrodilló en la orilla, sumergió un odre de cuero y, una vez estuvo lleno, bebió de él. El agua llenaba su boca más deprisa de lo que ella tragaba y se le escurría por las comisuras. Alejó el odre y dejó que el líquido le refrescara la cara y le empapara el pelo. Respiró hondo, con los ojos cerrados, agradeciendo ese pequeño descanso.

Esa vez la tarea de abastecerse le llevó toda la mañana y parte de la tarde. El carro se llenó con varios sacos rebosantes y un par de tinajas llenas de agua. Cuando colocó la última en el carro, sintió un pinchazo y se llevó una mano a la parte baja de la espalda.

—Vamos, un último esfuerzo —se dijo a sí misma—. Solo un último...

—Hola.

Notó cómo su cuerpo se ponía tenso, haciendo que esa espalda que antes lucía encorvada se pareciese más a una vara. Se dio la vuelta y la vio y, no supo muy bien cómo ni por qué, de su boca salió una pregunta tan evidente que no necesitaba contestación.

—¿Eres... la dríada?

—¿Dríada? ¿Es así cómo me llamáis ahora?

—Sí..., ¿no es tu nombre?

Y aquella a la que conocía como dríada le sonrió a la vez que negaba con la cabeza.

—Veo que te gusta mi fruta —le dijo señalando el pequeño carro—, llevas suficiente para un ejército.

Tragó saliva y mintió.

—Mi familia es numerosa...

—Ya imagino.

«Dríada», había que ver cómo eran los humanos, no habían cambiado tanto al parecer, seguían inventando historias y mintiendo fatal. Los habitantes del bosque ya se lo habían advertido y ahora se lo recordaban agitándose en las ramas y entre la vegetación.

Decidió, sintiéndose algo decepcionada, que era el momento de que aquella humana entendiera que acababa de sobrepasar un límite imperdonable. Comenzó a acercarse a ella y la joven bajó la mirada. Mientras reducía la distancia que las separaba se preguntó cuándo empezaría a correr, ¿o estaría tan paralizada que ni moverse podría?

Sí, puede que ella, la humana, la intrusa, estuviera asustada, tanto que por un instante dejó de sentir el corazón palpitando en su pecho. Y puede que ese miedo le hiciese recordar la advertencia de su hermano antes de ir por primera vez al lugar prohibido.

—Si la ves, sal del bosque —repitió sus palabras en un murmullo—. Más allá de los robles no tiene poder.

La humana olía a tierra seca, al polvo que se arrastraba sobre ella cuando el aire lo agitaba.

—Si la ves, sal de bosque.

Como si recitara una lección aprendida de memoria, una que tenía el propósito de darle fuerzas y ponerla a salvo.

—Más allá de los robles no tiene poder.

Llevaba el pelo, castaño, quebradizo y sin brillo, recogido con mimo por dos trenzas finas que nacían a ambos lados de la frente para unirse tras la cabeza.

«Prométemelo», le había pedido su hermano con el temor brillando en sus ojos, «prométeme que si la ves, saldrás de allí».

Parecía tan frágil, como si con solo rozarla se pudiera partir.

—Prométemelo... —se dijo a sí misma antes de respirar hondo, antes de añadir, como si su hermano pudiera oírla—: Lo siento, Yago.

El miedo era un sentimiento poderoso, tanto que le hizo pensar en qué le quedaría si mantenía su promesa. Todo sería como antes, volverían a vivir como cadáveres andantes aferrándose a una vida que no lo era en realidad. Sí, el miedo le hizo sentir muchas cosas, pero a la única que temía de verdad era a volver a ser alguien sin ninguna esperanza. Levantó la cabeza para mirar a la dríada directamente a los ojos y decirle:

—Haz lo que tengas que hacer.

Se quedaron un rato mirándose en silencio. La mortal esperando sentencia, la inmortal, por primera vez desde hacía miles de ¿ciclos lunares, tal vez?, sin saber ni qué hacer ni qué decir. Hasta el bosque enmudeció, el tiempo se había detenido, alguien había borrado el camino marcado al destino.

Que hiciese lo que tuviera que hacer. Expulsarla, eso debía, eso hizo con los de su especie una vez. Pero ninguno de aquellos tuvo el valor de mirarla como lo hacía esa muchacha ahora: sin nada que perder, al parecer, prefiriendo morir que regresar de vacío. Y se preguntó qué pasaría si le concedía otra oportunidad.

—¿Cómo te llamas? —dijo al fin la señora del bosque.

—Mara —respondió la humana fingiendo firmeza.

—Si ya te ha costado traerlo hasta aquí vacío, Mara —dijo mirando el carro de la muchacha. De cerca su aspecto empeoraba, carcomido y con infinidad de muescas de múltiples golpes—, así de cargado no creo que seas capaz ni de moverlo.

La dríada, llamada así por una antigua leyenda, pronunció unas palabras en el idioma del bosque que ella no entendió, se parecían al viento, pero sin serlo. No tardó en surgir de entre los árboles un ciervo joven de escasa cornamenta. La señora del bosque guio al animal hasta la parte delantera del carro y, cuando estuvo bien colocado, hizo brotar unas ramas que unieron las varas de madera para que este pudiera tirar de él.

—Te ayudará a llevarlo allá donde vivas. Espero que lo trates como merece y lo traigas de vuelta sano y salvo.

Mara miró al ciervo, después al ser inmortal que lo acariciaba, tan desconcertada como cualquiera en su situación.

—¿Y qué quieres a cambio? —le preguntó.

—¿Que qué quiero?

—Sí, de donde yo vengo nadie hace algo a cambio de nada.

¿Nadie? ¿Eso la incluía a ella también? Pero ella no era de su mundo, un lugar del que no había querido saber desde hacía mucho tiempo. Nada a cambio de nada. Algo a cambio de algo. Pero el qué.

—Hablaremos de eso cuando vuelvas, si vuelves, claro. —La miró y sintió la necesidad de añadir—: Y si sigues haciéndolo tú sola.

—De acuerdo —aceptó Mara sin entender muy bien qué contrato velado estaba firmando.

—Un placer conocerte, Mara.

La protectora del bosque se despidió del ciervo susurrándole al oído y este se puso en marcha. Mara siguió al improvisado animal de tiro sin dejar de mirar hacia atrás cada dos por tres, esperando descubrir el truco, esperando que la atacara a traición.

***

Los niños apuraban su merienda, aún no llevaba ni la mitad del relato y ya casi no les quedaba nada. Lo más probable es que no se estuvieran dando cuenta porque su atención solo se dirigía a ella, a sus palabras; comían de forma automática y del mismo modo dejarían de hacerlo cuando la merienda se les acabara.

—Cuando entró en el pueblo, con el carro lleno de provisiones y el inusual animal de tiro, sus vecinos, como hormigas a la miel, fueron saliendo de sus casas y la siguieron sin dar crédito a lo que veían. —Bebió un poco más de agua y miró al cielo; despejado, sin una sola nube—. Se detuvo en la plaza del pueblo y repartió la carga entre sus vecinos. Con paciencia, en orden y en silencio, esperaron su turno, en aquella pequeña población ya no quedaban fuerzas para armar tumultos.

Pensó que pronto la acción del sol directo sobre sus cabezas dejaría de ser tan amable y tendrían que buscar refugio. Miró de nuevo a su audiencia, aún tenía tiempo para unos cuantos párrafos.

—Al llegar a su casa le cayó un buen rapapolvo. Primero por dejarse ver así ante los vecinos. «¿Qué crees que harán cuando se les pase el asombro, hija?» —narró señalando con el dedo índice, imitando el modo en el que una madre reñiría a su hija—. «Yo te lo voy a decir, murmurar y murmurar, ¿de dónde habrá sacado toda esa comida la hija de Rosalía? Y después querrán averiguarlo y, tarde o temprano, se enterarán los soldados del tirano. ¿Y entonces qué, hija? ¿Entonces qué?». —Miró a sus oyentes con la picardía brillando en su mirada—. Ella respondió con arrogancia, hacía incontables inviernos que no pasaba un soldado por allí, un lugar del que ya no se podrían llevar nada más que muerte. ¿Y sus vecinos? Sus vecinos serían listos y callarían antes de volver a pasar hambre.

***

Su madre la miró a los ojos y leyó en ellos que su despreocupación por lo que pensaran o dijeran los vecinos, por que todo aquello llegase a oídos de quien no debía, solo era el humo que ocultaba algo mucho más alarmante. «No vas a volver y punto», esa fue la sentencia de su madre cuando le confesó, porque fue una confesión en toda regla sacada con métodos que solo las madres poseen, su encuentro con la dríada. «Pero mamá...», intentó negociar. «Ni mamá, ni leches. Ya he consentido bastante tus idas y venidas, pero hasta aquí he llegado». Su madre fue mucho más firme y locuaz y no le quedó más remedio que callar. Respecto a lo de obedecer..., lo haría, sí, en cuanto devolviera el ciervo a su verdadero hogar, un trato era un trato. Lo hizo de madrugada, cuando su madre y su hermano dormían, después de esperar los días prudentes para que ninguno de los dos sospechara. Durante todo ese tiempo, el joven habitante del bosque estuvo escondido en el granero. Mara tuvo que salvarlo más de una vez del deseo de su madre de convertirlo en filetes.

—Vamos, vete —le dijo al ciervo haciéndole aspavientos con las manos para que entrara en el bosque—. ¿A qué esperas? —Empujó al animal, pero este se revolvió—. ¿Qué te pasa? No me digas que no quieres volver. Pues sí que eres tonto.

El ciervo se acercó a la humana y le dio varios golpecitos melosos con el hocico en la mejilla. Mara respondió acariciándolo y apoyó su frente en la del animal.

—Que sí, que yo también te quiero, ciervo bobo. —Y el ciervo, que no era tan bobo, comenzó a rebuscar en la pequeña bolsa de cuero que llevaba en el cinto—. Vale, así que todo este numerito solo es por interés.

Mara cogió de la bolsa un puñado de almendras, de esas que había recolectado en el bosque y que su madre había tostado.

—¿Las quieres? —le dijo al ciervo mostrándole la mano—. Ven a por ellas.

Entró caminando de espaldas para que el terco animal, por fin, regresara al lugar al que pertenecía. Dejó el montón de almendras en el suelo y aprovechó que el ciervo estaba entretenido comiéndolas para escabullirse sin que lo notara.

—¿Ya te vas?

Se topó de bruces con la señora del bosque que bloqueaba su camino de regreso. Acostumbrada, como hermana pequeña que era, a aguantar los sustos a traición de sus hermanos mayores, no gritó, aunque esta vez fue más bien porque se le cortó la respiración.

—Y sin entregar tu parte del trueque —continuó la protectora de aquel lugar—. ¿Seguís llamándolo así o también le habéis cambiado el nombre?

—No —respondió Mara con la respiración entrecortada—. Quiero decir que sí, aún decimos trueque.

—¿Y bien?

—Solo he venido a devolverte al ciervo. No tengo nada que darte a cambio, lo siento.

—¿Nada de nada?

—¿No me crees? ¿Tú me has visto bien? —dijo Mara, señalando el mismo vestido gris sobre el que llevaba un pellote marrón día tras día—. ¿Acaso piensas que tengo un tesoro por ahí escondido, pero prefiero parecer una pordiosera?

La conocida en el mundo mortal como dríada recordó que la ironía era uno de sus talentos humanos favoritos, daba pie a entrar en un juego que le encantaba. Le bastó una mirada altiva y maliciosa al aspecto de la humana, de arriba abajo, como diciéndole vaya que sí, das mucha pena, con esos ropajes desgastados y remendados una y mil veces desafiando la resistencia del tejido y ese cuerpo tan flaco, para comprobar que no estaba tan oxidada. Quizá debería de haberse sentido algo culpable al provocarle a la pobre Mara un súbito ataque de vergüenza, pero era tan divertido verla intentar adecentar su ropa, incluso su pelo, de forma disimulada.

—¿Cuánto hace que no comes pescado?

No era una pregunta que buscara respuesta y tampoco esperó a que saliera de unos confusos labios. Se internó en el bosque y Mara, tras dudar, la siguió a cierta distancia. Cuando llegaron al lago, la dríada se adentró en él y Mara esperó en la orilla. La humana observó cómo, antes de sumergirse en el agua, la hiedra y las ramas que cubrían parcialmente su cuerpo retrocedieron, desapareciendo bajo la tierra. En su primer encuentro el miedo apenas la había dejado fijarse en ella, salvo en lo obvio, que era más alta y corpulenta. Al verla por segunda vez creyó que todo aquello que cubría su cuerpo formaba parte de él, porque en su imaginario, en la leyenda que conocía, así la describían, como un ser con apariencia híbrida entre mujer y bosque. Desnuda la vio desaparecer bajo el agua y desnuda la vio resurgir de ella con un saco, hecho a base de helechos y musgo, lleno de peces que se agitaban en su interior en busca de un oxígeno que no volverían a encontrar. Tenía cuerpo de guerrera, robusto y poderoso, como los robles de su hogar, y no de diosa altiva y delicada como le habían contado miles de veces.

La señora del bosque caminó hacia Mara para entregarle la pesca. Al ver cómo la muchacha se ruborizaba y desviaba la mirada, recordó que a los humanos les avergonzaba tanto su desnudez como la ajena. Decidió que lo mejor era volver a taparse y de la tierra surgieron enredaderas que fueron serpenteando primero por sus tobillos, ascendiendo por sus muslos, su vientre y sus pechos, y la vistieron de nuevo.

—Ten —le dijo a Mara ofreciéndole el botín—, ¿tendréis suficiente con esto tu familia numerosa y tú?

—Antes lo éramos —respondió Mara dolida, y su tono hizo que la expresión burlona de a quien hace no tanto llamaba dríada se desvaneciera—, ahora solo quedamos mi madre, mi hermano Yago y yo.

—Lo siento, no pretendía ofenderte.

—No pasa nada —dijo Mara más calmada y, al sentir que había sido demasiado brusca, añadió—: ¿Cómo ibas a saberlo?

—Si quieres, puedes contármelo —dijo la dríada—. Será tu parte del trueque, si te parece bien.

—¿Quieres que te hable de mi familia?

—O de lo que te apetezca, no me importa. Una historia a cambio de la comida y el agua, ¿hay trato?

—Sí, pero no hay nada interesante que te pueda contar.

—Prueba, arriésgate, parece que eso se te da bien.

***

—Y de esa forma, que podría parecer sencilla y hasta casual, comenzó una relación de mutuo abastecimiento entre una humana y el ser más poderoso conocido. Mara alimentaba la curiosidad de la señora del bosque hablándole de cómo era la vida más allá de los robles, y ella, a cambio, llenaba su estómago y el de su familia. Al menos, eso creían ellas que era todo.

***

Al principio, Mara regresaba solo cuando se acababa la comida. La señora del bosque siempre la esperaba en el mismo lugar: a orillas del lago sentada sobre la raíz de un árbol. Aquella raíz, tan gruesa como para dar acomodo a una persona, tenía una forma peculiar, como si un ser poderoso la hubiera moldeado a su gusto. La raíz nacía al borde del tronco, continuaba su curso por encima del terreno como si fuera un puente y moría en el agua, en la orilla del lago, donde regresaba a lo más profundo de la tierra. La señora del bosque se sentaba sobre ella y apoyaba la espalda en el tronco del árbol.

Aquel día, el primero de su pacto, Mara no compartió la triste historia de cómo las guerras le habían arrebatado a sus hermanos. Solo le dijo sus nombres por orden: Aleixo, Brais, Eloi, Leon, Xob y que el único que aún vivía era el menor de ellos, Yago. Fue necesario el paso de varias lunas, las suficientes para que la confianza creciera hasta convertirse en familiaridad, para rellenar el hueco entre los nombres. La señora del bosque escuchó sin intervenir, sin juzgar, igual que con todas las anteriores historias banales y hasta estúpidas con las que le había pagado.

—Primero se llevaron a mi hermano mayor —comenzó a decir Mara sentada sobre la hierba y mirando al lago—, era su deber servir a nuestro reino, al parecer. Poco después volvieron a por más hombres, aquellos que fueran mayores de edad. «Es vuestra obligación luchar por la libertad y la gloria del reino», decían, y si alguien se atrevía a replicar, a discutirlo, acababa entendiendo que convertirse en soldado no era lo peor que le podía pasar a su hermano, o a su hijo, o a su padre.

Y los inviernos y veranos se sucedieron y las guerras se encadenaron. El soberano, el tirano, siempre encontraba una tierra más por conquistar, un enemigo más al que combatir. Se llevaron a los hombres uno a uno hasta que en la aldea ya solo quedaron las mujeres, los niños y aquellos demasiado enfermos o demasiado mayores como para empuñar una espada.

—Era una niña cuando se fue Aleixo, el mayor, y poco más que una adolescente cuando le tocó a Xob, el penúltimo de mis hermanos —prosiguió Mara con su relato sin dejar de mirar al lago, a sus tranquilas y reconfortantes aguas—. Ya no me acuerdo de sus caras, ¿te lo puedes creer? Solo recuerdo pequeñas cosas como que Brais tenía los ojos claros, azules, porque muy poca gente en la aldea los tiene así. O que a Eloi, cuando se ponía nervioso, se le trababan las palabras.

Yago no era mayor de edad cuando fueron a reclutarlo y su padre, que no quiso que se fuera él solo, insistió en acompañarlo. No es que fuera muy convincente, el ejército estaba tan necesitado que lo admitieron a pesar de las numerosas veces que fue rechazado antes por tener una pierna de madera. Y si ya casi se había olvidado de todos los demás, Mara recordaba aquel instante como si hubiera sucedido esa mañana, como si lo hiciera cada mañana de su vida. Su padre, mientras le daba el último abrazo, el de la despedida, le dijo al oído:

—«Supe en cuanto naciste, Mara, que eras una bendición», me habló apretándome tan fuerte que casi me deja sin respiración. «Estás tan mayor. No permitas que te destruyan, a ti no. Sobrevive, mi niña, sobrevive. Y cuida de tu madre».

Y después, Mara se limitó a observar cómo su padre y su hermano Yago montaban en el carromato de los soldados, cómo se alejaban con la mirada triste y una sonrisa forzada en los labios. Y antes de que desaparecieran, antes de que su vista ya no alcanzara a distinguirlos, prefirió cerrar los ojos.

Tiempo después le llegó la noticia de la muerte de su padre, aunque no supieron decirle cómo murió ni dónde ni a manos de quién. Outel, el Diestro, tuvo seis varones antes de que naciera su única hija. Solían meterse con ella día y noche porque decían que sus padres no hacían otra cosa que consentirla. «Si naciera otra niña, dejarías de ser tan especial», le decían mientras la encerraban en el granero con las gallinas o le cortaban el pelo o escondían el único libro que tenían y que ella leía y releía.

Quería ser como ellos, altos y fuertes, y escaparse por las noches para ir a la taberna, poder bañarse desnuda en el río después de arar el campo, pelearse y ganar de vez en cuando, mostrar con orgullo las cicatrices.

Una brisa acarició la espalda de Mara, fue la única forma que encontró la señora del bosque de consolarla, de decirle que estaba allí con ella. La muchacha se giró para mirarla y le sorprendió no ver en sus ojos ni una lágrima.

—Solo regresó Yago —continuó Mara—. Fue justo en mi vigésima primavera, más de cuatro desde que se lo llevaron. Lo tiraron como a un perro frente a la puerta de nuestra casa. Estaba tan enfermo que ni siquiera era capaz de sostenerse de pie. Se deshicieron de él porque ya no servía para matar. Aún le cuesta comer y la mayor parte del día está tumbado en su cama, pero ha recuperado algo de peso y sonríe cada vez que regreso con lo que recolecto o cazo en tu bosque. Hacía tanto tiempo que no sonreía... Si la vieras, su sonrisa, tú también harías lo que fuera posible para que no volviera a desaparecer.

Se quedó mirándola, admirando a aquella humana de cuerpo menudo erosionado por el hambre y la miseria que se aferraba a la vida con la fuerza que le daba la esperanza de conseguir algo mejor, confiando en triunfar sobre la crueldad y la aspereza de su mundo agonizante. Solo había una palabra para describir lo que Mara, la intrusa, la campesina, acababa de hacerle sentir.

—Gracias —le dijo y Mara sonrió.

Una sonrisa pequeña y a la vez grande. Pequeña en la boca, pequeña a simple vista, pero grande en su contenido, en su esencia, en todo lo que dejaba tras ella, porque se quedaría allí mucho después de que Mara regresara a su casa.

***

El sol, que se encontraba en lo más alto del cielo y que anunciaba el medio día, empezaba a molestarla, ya no tenía edad para aguantar aquel calor seco y picajoso.

—Niños, será mejor que nos sentemos a la sombra, un desmayo colectivo no es lo que tenía en mente para hoy.

Obedientes, recogieron sus cosas y la siguieron en busca de la sombra protectora de los árboles. Y volvieron a sentarse, sus pupilos en modo indio frente a ella; ella, utilizando como respaldo el tronco más robusto capaz de acoger toda su espalda.

—A ver, ¿dónde me había quedado?

—Mara le había contado la historia de su familia, Ela.

—Cierto, un momento de suma importancia ese, aunque no se dieran cuenta de ello en ese instante. La verdad, no lo hicieron con muchas cosas, porque sucedieron con delicadeza, como se posa una mariposa, y se colocaron una tras otra construyendo con paciencia y mimo aquello concebido para perdurar.

Mientras buscaba el siguiente retazo de historia, su mirada se perdió en el horizonte, mirando sin ver. A veces le pasaba porque, aun habiendo narrado aquella historia innumerables veces, le resultaba imposible repetir el orden de ciertos detalles, de ciertos acontecimientos. En el fondo no importaba siempre que se mencionaran de la forma adecuada.

—Vaya, he olvidado contar algo muy importante. Porque si bien Mara aquellas primeras veces que regresó al bosque solo lo hacía cuando apretaba de nuevo el hambre, nunca volvió a utilizar el carro.

***

Mara, tras aquel día en el que, desobedeciendo a su madre, salió a hurtadillas para retornar el ciervo al lugar prohibido, el día del primer trueque con la dríada, necesitó toda su astucia, toda su dialéctica y su perseverancia para convencer a su progenitora de que la única vía posible a su supervivencia era volver al Bosque de Robles. Serían necesarios los dedos de ambas manos para contar las veces que el sol dio paso a la luna antes de conseguirlo. La terquedad de una madre tiene un límite y siempre está marcado por el bienestar de sus hijos.

Yago, sin alimentos y agua en condiciones, empeoró. «El mal de la guerra», como denominaban a la enfermedad que padecían los pocos que regresaban, se agravó sin algo a lo que aferrarse, más si cabe si su único asidero era una familia de la que se creía una carga pesada, si cada día estaba más convencido de que sin él estarían mejor. A Mara le dolía, más que verlo toser o disimular el dolor permanente de músculos y huesos, la profunda tristeza que apagaba su mirada y mutilaba, poco a poco, su antaño alegre espíritu. Por eso borró de su memoria todos los noes de su madre. Por eso su madre se calló el último mientras veía cómo su hija salía de casa acarreando el viejo saco de arpillera y las trampas para conejos en dirección al bosque.

Antes de irse le prometió a su madre que no volvería a llamar la atención de sus vecinos. Primero se inventó la historia de que había encontrado el carro abandonado, al borde del límite de la arboleda. Y dejó el relato en el aire sin más explicación para que fueran los demás quienes lo completaran, otorgándole así la consistencia y la veracidad de las que carecía.

Y aquel carro dejó de estar tirado por un ciervo y tampoco fue nunca el del panadero. Y aquel carro, cargado hasta los topes, acabó perteneciendo a unos viajantes, extranjeros, sin duda, pobres ignorantes de la leyenda del Bosque de Robles. En él perecieron al aventurarse buscando, tal vez, cobijo al verlo tan verde y próspero, tan apetecible.

—La imaginación humana no deja de sorprenderme —comentó la señora del bosque a Mara—. Mención aparte lo flexible y moldeable que es vuestra memoria.

—A veces la mentira es más fácil de creer, sobre todo si la verdad es demasiado dolorosa.

—O vergonzosa —añadió casi sin querer, como un pensamiento que se hubiera escapado sin su consentimiento.

Mara la miró, en su interior bullía una pregunta, ¿sería apropiado hacerla? Pero la señora del bosque se le adelantó y su curiosidad prefirió esperar.

—Si así ha terminado la historia del carro, a saber cómo acabasteis llamándome dríada.

—No lo sé, yo creía que siempre te habíamos llamado así.

—Fue hace mucho tiempo, pero recuerdo perfectamente que teníais la buena costumbre de usar mi nombre.

La segunda parte del trato materno fue emplazar sus viajes bien entrada la noche, cuando todos en la aldea durmieran, y regresar siempre antes del alba.

—He de irme —dijo Mara poniéndose de pie y sacudiéndose la hierba de las posaderas—. No queda mucho para el amanecer.

—Hasta mañana, Mara.

—Hasta mañana —dijo la muchacha comenzando su andadura de regreso a casa; al tercer paso se dio la vuelta—. Significa diosa de los robles.

—¿El qué?

—Dríada.

—¿Diosa?

—¿Ahora vas a decirme que tampoco eres una diosa? No damos ni una, ¿eh?

—Bueno, eso depende de lo que creáis que es ser una divinidad.

—Por lo pronto, no es alguien que llegará tarde a casa.

Intercambiaron una sonrisa cortés antes de que Mara, esta vez sí, se alejara. La señora del bosque la observó desaparecer tras los árboles, cargando su saco al hombro y con un par de liebres colgando boca abajo del cinto. Cada día parecía un poco más cansada. Y cuanto más se lo parecía, más se preocupaba ella por la humana.

* * *

El canto de un pájaro llamó su atención. Un orgulloso gorrión se había posado en una de las ramas del árbol sobre el que se apoyaba. Miró hacia arriba y comprobó que no estaba solo.

—Mirad, niños, tenemos compañía —les dijo a sus pequeños oyentes.

Los niños, al ver a los pájaros no solo en el árbol de Ela, sino también en los que a su alrededor les proporcionaban sombra, decidieron hacer migajas con el pan que aún les quedaba para compartirlas con ellos. Las pequeñas aves descendieron al suelo, aceptando gustosas tan generoso ofrecimiento. Ella sonrió ante su audiencia multiplicada y prosiguió sin esperar a que esta le volviese a dirigir la mirada.

* * *

Todas aquellas noches sin apenas dormir, acumuladas de una estación a otra, dedicadas en exclusiva a llenar una despensa que se vaciaba casi tan rápido como se llenaba porque la carga que ella podía soportar disminuía proporcionalmente al aumento de su fatiga, hicieron que Mara, sin darse cuenta, al tomarse un breve descanso antes de comenzar a llenar el saco de frutos o ir a revisar las trampas, se quedara dormida sobre la hierba bajo uno de los árboles frutales. A la señora del bosque le enterneció verla allí tendida, rendida al sueño, encogida sobre sí misma como una niña. La hierba a su alrededor creció creando un manto protector para la humana, para conservar el calor de su cuerpo rendido. La dejó dormir mientras ella completaba su tarea: llenar el saco de frutos, el odre de agua y vaciar las trampas para conejos. Y vigiló por ella a la noche para despertarla ante la primera señal que anunciase la llegada de la

41

claridad. Mara, como si allá en el mundo de los sueños hubieran dado una señal de alarma, se despertó sobresaltada.

—¡Oh, no! ¿Cuánto llevo dormida? —dijo incorporándose entre asustada y somnolienta—. El saco..., las trampas..., yo no..., maldita sea, ahora no me dará tiempo.

—Mara, tranquila —le dijo agarrando su muñeca para detener su paso, errático y desorientado—. Está todo aquí.

Mara miró hacia el lugar que señalaba. Su saco, lleno, estaba apoyado en el tronco del árbol y, junto a él, el odre y tres liebres.

—Pero ¿cómo? Ni siquiera recuerdo... ¿Has sido tú?

—Vaya, menuda cara has puesto. ¿Tan increíble parece?

—No, no —respondió Mara con rapidez.

Y la señora del bosque contempló algo que le pareció maravilloso: cómo la expresión del rostro de Mara, entre la sorpresa y la suspicacia, se relajó dando paso a una sonrisa dulce que decía «pero qué tonta soy, cómo lo siento», y a una mirada que añadía «gracias, eres una buena amiga». Y entendió aquel instante como una metáfora perfecta de ellas dos.

—Aún tengo tiempo, ¿verdad? —dijo Mara mientras se sentaba a su lado.

—Sí —respondió ella mirando al cielo—, aunque no mucho.

—Suficiente —añadió Mara recostándose en un árbol.

Y observando aquellas estrellas pensó que quizá no era tan buena amiga como la humana pensaba en ese momento que era. Recoger la comida por ella no le suponía mayor esfuerzo que caminar o sumergirse en el agua, ¿qué mérito tenía? ¿En qué ayudaba a la pequeña campesina tener que ir cada noche, sino a sobrevivir un día más? Una amiga de verdad ayudaría a Mara a subsistir por ella misma, a tener un futuro más allá de adentrarse en un bosque para hacer acopio de provisiones perecederas.

—Creo que nuestro trato no es justo —comenzó a decir.

—¿Qué? —preguntó Mara sobresaltada—. ¿A qué te refieres? Yo no tengo nada más con que pagarte. Yo..., yo..., yo no...

—Cálmate, Mara, no me refiero a eso.

—¿Entonces a qué?

—No puedes seguir viniendo aquí así. —Mara intentó replicar—. Déjame terminar primero, después puedes protestar todo lo que quieras. —No tuvo más remedio que quedarse con la palabra en la boca—. A este ritmo no vas a aguantar ni una noche más, acabarás enfermando.

—Estoy bien, de verdad...

—Es preciso cambiar nuestro acuerdo comercial y no admito discusión al respecto.

CAPÍTULO 3

Los gorriones alzaron el vuelo, las migas de pan se habían acabado. No habían venido a escuchar su relato, era evidente. Ellos no eran como los niños, incansables e insaciables por muchas veces que escucharan aquella leyenda, ellos eran más prácticos y las palabras no llenaban su estómago.

—¿Ela? —interrumpió su pensamiento con cierto miedo Anxo, el rezagado.

—Ah, perdonad, me he distraído, a mi edad es muy frecuente.

—¿Qué clase de acuerdo, Ela? —preguntó Olalla, que tenía siete primaveras.

—¿Eh? Oh, sí, el acuerdo, claro. —Se concedió un momento para recordar cuál fue su última frase antes de perderse y continuó—: No fue exactamente eso, ni siquiera se la podría llamar propuesta, pues estaba a medio camino entre el consejo y la exigencia.

***

—¿El pozo? —repitió atónita Mara—. ¿Quieres que arregle el pozo?

—Eso he dicho, sí.

—Me estás tomando el pelo, ¿verdad? —La humana se puso de pie y recogió las liebres para engancharlas en su cinto—. Tiene usted un sentido del humor muy extraño, ser inmortal.

—Mara...

—¿Poderosa protectora del bosque?

—Mara.

—Que sí, lo haré, no sé cómo, pero lo haré —dijo llevándose al hombro el saco lleno de frutos—. Verás mi madre cuando me vea, pensará que me he vuelto loca.

—Así me gusta, que seas una chica obediente.

—Esa soy yo, sí. Y tú... —Mara miró a la señora del bosque pensativa—, la gran deidad de los robles. —Esta suspiró resignada—. Es que tu nombre no impone nada, siento decírtelo.

Mara se alejó y antes de desaparecer tras los árboles le dijo adiós con la mano. Ella sonrió al ver aquel gesto, a la despreocupación con la que lo había hecho, sin volverse, dándole la espalda mientras caminaba.

Ese mismo día, por la tarde, cuando el sol era más amable, Mara comenzó su nueva tarea: recuperar el viejo pozo que había tras la casa. Llevaba decenas de estaciones seco, sus últimas y agonizantes gotas las dio cuando a su padre y a su hermano Yago se los llevaron los soldados, como si hubiera pensado que sin ellos ya no había razón para existir. Tras tanto tiempo de abandono, lo primero que tendría que hacer era comprobar si aún era capaz de contener el agua, evitando que la tierra seca y sedienta que lo rodeaba absorbiera el preciado líquido. Retiró la tapa de madera que lo cubría y aseguró un anclaje en el suelo para la cuerda por la que descendería a su interior. Gracias a la luz de un candil certificó no solo que el trabajo no sería sencillo, sino que tampoco lo sería encontrar los materiales para ello.

¿Cuánto tardó en conseguir resucitar aquel pozo? No mucho para hacerlo prácticamente ella sola y con las pocas herramientas, oxidadas por el olvido, que pudo encontrar en el granero. Demasiado para quien espera en la espesura de un bosque milenario.

El Bosque de Robles se llenaba de sonidos cuando el sol se colaba entre las hojas y las ramas, y de silencios cuando la luna espiaba en sus recovecos. La vida allí era predecible, compuesta de ciclos que se solapaban y alimentaban unos a otros, ciclos que nacían cuando otros morían, que agonizaban cuando el siguiente germinaba. Desde que una nueva semilla caía en tierra hasta que el lobo cazaba a la liebre, lo que sucedía allí solo tenía un propósito: perpetuar la vida manteniendo su equilibrio con la muerte. Y ella era la custodia de ese equilibrio desde el comienzo, desde aquel lejano primer ciclo. Una custodia con carta blanca para intervenir solo cuando ese equilibrio se viera amenazado. Ligada a aquel lugar para siempre, solo en él podía habitar, y el bosque sin ella, el corazón que bombeaba la savia, perecería.

Era el segundo día desde que Mara había comenzado la primera fase de la tarea asignada. El segundo día sin su compañía. El segundo de muchos hasta que la completara. Caminaba por el bosque, lo escuchaba y lo sentía como siempre había hecho. Era como una capataz que comprobaba que todo estaba en orden antes de que comenzara la jornada laboral, siempre en el mismo orden y con el mismo mimo. Dos días nada más y ya echaba de menos las palabras.

—¿Qué tal tu día? —le preguntó a un jilguero—, ¿has hecho algo interesante? —El pájaro respondió girando e inclinando la cabeza—. Sí, lo sé, nunca has sido muy locuaz.

Les hizo una visita a los zorros, habían tenido nueva camada. Se sumergió en el lago y admiró, una vez más, los diferentes colores de las especies. Y, a media tarde, se recostó en la raíz donde solía esperar a Mara, imaginando que aparecía, sabiendo que no lo haría. Solo con cerrar los ojos era capaz de sentir a todas y cada una de las vidas que componían aquel bosque, de percibir como suyas todas sus emociones, de saber si enfermaban, si albergaban una nueva vida o si la suya se acababa.

Todo ese poder y no alcanzaba para llegar hasta ella, para saber cómo estaba, qué sentía, cuándo volvería.

Escuchó los pasos de un cuadrúpedo que se acercaba al lago, herbívoro y joven, de pequeña cornamenta y apasionado de las almendras tostadas. Abrió los ojos y lo vio beber en la orilla. El ciervo, tras saciar su sed, le devolvió la mirada.

—Yo solo la echo de menos por las almendras —dijo simulando que era la voz del ciervo—. ¿Y tú? —El ciervo la miró con curiosidad y, también, con extrañeza. Ella sonrió—. Una pregunta muy interesante, querido amigo.

Pasos de herbívoro alejándose. Aleteos en el cielo y entre las ramas de los árboles. Roedores recorriendo los túneles de sus madrigueras subterráneas. Peces haciendo saltos mortales fuera del agua. La luz alejándose poco a poco. Los búhos despertando del letargo, escudriñando ya en la penumbra, a la caza del despistado, del rezagado. Los grillos dando melodía al sueño del que duerme y coartada a lentos y medidos movimientos del que depreda. Contempló la luna con la perspectiva de que el día que llegaría tras ella sería igual a ese, de que nadie penetraría en su bosque con la bendita intención de perturbarlo.

***

—Al principio se burlaban de ella —continuó narrando Ela—. Y aunque sus conciudadanos procuraban no hacerlo cuando ella pudiera verlos, era consciente de que pensaban que la hija menor de la señora Rosalía no estaba en sus cabales. ¿Quién en su sano juicio se pondría a reparar un pozo en tiempos de la mayor sequía jamás recordada? ¿Creería que el agua llegaría así porque sí, porque ella lo deseara? Pobre loca; pobre idiota. Si ellos supieran... Si supieran de dónde saldría el agua que llenaría ese pozo y de lo que era capaz de hacer esa agua.

—Agua mágica del lago —dijo en voz baja Minia, a la que ya se le habían caído dos dientes de leche y siempre llevaba las trenzas medio deshechas.

—Agua mágica, sí —repitió ella, que sería vieja, pero tenía el oído muy fino—, el elemento clave del plan que haría que su necesidad de ir con asiduidad al bosque dejase de ser tal.

***

Trabajó en aquel pozo, como se suele decir, día y noche, desde el alba hasta bien pasado el anochecer. Quería terminarlo cuanto antes, eso estaba claro, no tanto el porqué de esa prisa. ¿Porque las provisiones escaseaban en la despensa y el agua en las tinajas?, en parte; ¿porque deseaba volver al bosque más pronto que tarde?, responder que sí a esa pregunta abriría otras a su vez más difíciles de enunciar. Mientras desbrozaba o sellaba las grietas podía ignorarlas, incluso podía no pensar en el nudo de ansiedad instalado en su estómago hasta ser capaz de no sentirlo, hasta ser capaz de no escuchar lo que decía: regresa, ya, rápido. Sin embargo, qué difícil era obviarlo cuando le hacían saber de forma sutil, o quizá no tanto, que en aquella arboleda la esperaban.

—Vaya, ¿qué haces aquí? —le preguntó al halcón que se había posado al borde del pozo. El ave, para responder, alzó el vuelo, y allí donde estuvieron sus garras descubrió un par de melocotones—. Gracias —le dijo a la señora del bosque, aunque esta no pudiera oírla.

Mientras duró el trabajo de restauración sus vecinos pasaban frente a su casa, mirándola de reojo, día sí y día también, en parejas o en grupo, simulando que su destino les hacía pasar por allí de pura casualidad y no de puro estupor o curiosidad.

Mientras aquel pozo no dejó de ser un agujero inútil, las aves le llevaron tentempiés afrutados por las mañanas y los lobos o los zorros parte de su caza después del anochecer.

***

—A mí los lobos me dan un poco de miedo —comentó Roi y enseguida enrojeció al darse cuenta de que lo había hecho demasiado alto y todos lo miraban—. Perdona, Ela.

—Tranquilo, no tienes por qué avergonzarte de ello.

—¿No?

—No, el miedo es muy normal y, a veces, necesario, te mantiene alerta y a salvo.

—Pero los lobos no son malos, Ela —apuntó Lúa, la mejor amiga de Roi.

—No, no lo son, pero el miedo no entiende de esas cosas, no distingue entre lo bueno y lo malo, solo diferencia entre lo que puede hacerte daño y lo que no. Todos tenemos miedo de algo, sin poder explicar el porqué. Incluso si hemos sido capaces de enfrentarnos a una terrible leyenda y a sus fieras.

***

Cuando Mara regresó después de aquellos días de ausencia, cuando volvió a poner un pie en el bosque, este se estremeció como la primera vez. El motivo era distinto, eso sí, en ese escalofrío que lo recorrió ya no había alerta ni tensión; nadie se puso en guardia ante una intrusa. Mara había vuelto, al fin. Y lo hacía antes del atardecer.

Caminó hasta el lago escoltada por lobos que la flanqueaban, por las aves que la saludaban desde las ramas de los árboles, por el halcón que volaba en círculos sobre ella. Salió a su paso el ciervo que, tras saludarla con un afectuoso golpe de hocico en su mejilla, buscó el pequeño saco que llevaba en su cinto y que siempre contenía almendras tostadas.

—Anda, toma —le dijo al animal ofreciéndole un puñado en la palma de su mano.

Al divisar los árboles frutales que crecían alrededor del lago su corazón se aceleró, apremiándola, instándola a correr también, con la necesidad imperiosa de restarle tiempo al reencuentro. Mara lo ignoró porque lo que ella necesitaba era calmarse antes de verla, porque aquellos nervios, como los de una cría, la hacían sentir ridícula. Como también lo hizo la decepción al encontrar vacía la raíz donde siempre la esperaba.

Se dijo que no tardaría en aparecer, que estaría haciendo algo importante.

Hacía calor, incluso en el bosque donde el clima apenas variaba de una estación a otra. Quizá ella lo había traído consigo de su mundo, de su seco y ardiente verano. Miró al agua, clara, tranquila y, sobre todo, fresca, y se descalzó antes de meter los pies en ella. Sintió un alivio instantáneo, qué no sentiría si se adentraba un poco más, si dejaba que le cubriera hasta las rodillas. Arremangó la falda de su vestido y caminó despacio, asegurando cada paso. Y así, paso a paso, el agua subió, una caricia que se detuvo al llegar a mitad de los muslos. Miró con tristeza al interior del lago, no era capaz de ir más allá, donde sus pies dejarían de tocar el fondo.

—¿Quieres darte un baño?

A su espalda, observando desde la orilla, estaba la señora del bosque.

—No —respondió Mara negando con la cabeza mientras salía del agua.

—¿Seguro?

—Sí.

—¿Y por qué tengo la impresión de que te mueres por darte un chapuzón?

—Tú sabrás, la impresión es tuya.

La señora del bosque sonrió y negó con la cabeza. Sí, Mara a la defensiva resultaba muy divertida.

—Pues yo sí voy a darme un baño, puedes acompañarme cuando quieras —dijo mientras avanzaba hacia el lago y las ramas y la hiedra dejaban libre su cuerpo antes de sumergirse—. Vamos, el agua está perfecta —le dijo a Mara, que la contemplaba desde la orilla sin decidirse a entrar, aunque lo deseara—. Y, por favor, no hagas como los de tu especie.

—¿A qué te refieres?

—No te bañes con la ropa puesta.

—¿Qué?

—Oh, perdona, ¿ya no lo hacéis?

Mara dudó un momento qué responder. Hacía tres estaciones que no bajaba una gota por el río que pasaba cerca de su aldea, y varios veranos que no lo hacía en la cantidad suficiente como para poder nadar. Antaño, durante el estío, por el día las familias solían chapotear con una prenda especial para el baño. Sin embargo, sus hermanos, cuando iban de noche, se lanzaban desnudos a sus aguas, ante lo cual su madre se escandalizaba.

—Si no hay nadie extraño mirando... —contestó Mara.

La señora del bosque comenzó a reír. Una carcajada sonora que sorprendió a todos los habitantes del lugar, despertando a los que dormían de día, deteniendo la actividad de quienes lo hacían de noche.

—Si es que no habéis cambiado nada —dijo sin parar de reír—. Entonces, ¿me doy la vuelta mientras te desvistes? ¿Y me tapo los ojos también?

—Ja, ja. Qué graciosa.

—Venga, me sumerjo. ¿Cuánto tardas en desnudarte? Puedo aguantar bajo el agua todo lo que necesites.

—¿Crees que me da vergüenza quitarme la ropa delante de ti?

—De mí y de cualquiera.

Mara abrió la boca dispuesta a replicar y dejarla en ridículo, pero como en parte tenía razón, necesitó pensar para encontrar otro argumento.

—Claro, si yo tuviera tu cuerpo, tampoco tendría reparos en mostrarlo a la mínima ocasión. No todo el mundo puede permitirse ser una vanidosa.

—¿Mi cuerpo? Creía que esto iba más bien del tuyo.

—Ay, déjalo ya, me estás liando.

—Pues cuando te desenredes, ya sabes —dijo al alejarse de Mara nadando de espaldas.

—¿Podemos centrarnos en lo importante? He arreglado el pozo, ¿y ahora qué?

—Después del baño, Mara, te lo cuento después.

—No tenemos tanto tiempo... —replicó sin mucha convicción.

—Desde aquí no te oigo, tendrás que acercarte.

—No sé nadar, ¿contenta? —dijo alzando la voz, para que la oyera y para que quedara claro que estaba molesta.

La señora del bosque miró con ternura a la campesina. Nadó hacia la orilla, salió del agua y se acercó a la humana ofendida.

—Vamos —le dijo ofreciéndole su mano—, yo te enseñaré encantada.

Mara dudó. Miró la mano tendida y pensó en lo que debía hacer antes de aceptarla.

—Date la vuelta —le ordenó más que pedirle.

—Pero si te voy a ver de todas formas. —La muchacha la miró de reojo, se miró a si misma intentando disimular y después desvió la vista a un punto indefinido—. Tu cuerpo es precioso, Mara.

—¿Cómo lo sabes si ni siquiera lo has visto?

—Porque todos los cuerpos son bellos, todos sin excepción.

Mara volvió a mirar la mano que le ofrecían y que no se retiraría hasta conseguir lo que se proponía.

—Hay que ver qué pesada eres.

La señora del bosque sonrió ante tan dulce victoria. Mara comenzó a desvestirse, muy despacio, empezando por el cinto, sin levantar la mirada ni un momento. Si no veía a quien tenía delante, podía fingir que no se quedaba como su madre la trajo al mundo frente a una divinidad. Cuando terminó de quitarse la ropa, usó un brazo para taparse los pechos y la otra mano para las vergüenzas de ahí abajo. Ella no dijo nada, cogió su mano izquierda, retirando el brazo que cubría sus pechos, y la condujo hasta el lago.

—Suficiente —dijo la señora del bosque cuando el agua le llegó a Mara por debajo de los hombros—. Confía en mí, ¿de acuerdo? —Mara respiró hondo y asintió—. Después de todo lo que has pasado, no vas a permitir que un poco de agua te derrote, ¿verdad?

—¿Un poco?

La primera lección, más que de aprendizaje, fue para vencer la resistencia de Mara a levantar los pies del suelo y extender su cuerpo sobre el agua.

—No voy a soltarte, Mara, confía en mí.

—Si yo confío, ¿no se nota que confío?

La señora del bosque sostenía a la humana por la cintura mientras esta intentaba seguir sus instrucciones sobre cómo mover manos y pies.

—Estira el cuerpo, Mara. Pies de arriba abajo. Manos de dentro hacia afuera.

—Eso hago, pesada.

—Que te estires —le indicó empujando con una mano en la parte baja de la espalda—, los ovillos humanos tienen tendencia a hundirse.

La señora del bosque calculó mal el comienzo de la segunda lección, no tuvo en cuenta el pavor que le causaba a su discípula tanto líquido a su alrededor y bajo ella, y deslizó los brazos que la sostenían por la cintura para hacerlo bajo los hombros y servirle de referencia en su inseguro avance.

—¿Qué haces? —preguntó Mara tensa y pálida—. Dijiste que no me ibas a soltar.

—Y no lo hago, solo voy a...

Debió haber empezado por la explicación antes, qué torpe, porque el ovillo humano empezó a luchar por su vida aferrándose con desesperación a lo que tenía más cerca.

—¿Quieres parar? —le pidió la señora del bosque intentando zafarse de Mara sin éxito—. Oh, por favor, eres como una lagartija.

—No me sueltes, no me sueltes —insistía en su súplica mientras se agarraba a sus brazos una y otra vez.

Fue en un visto y no visto. Lo último que recordaba era deshacerse de una mano y lo siguiente era tener a Mara enroscada en su cuerpo. Ahora estaba abrazada a ella con todas sus fuerzas: los brazos alrededor de su cuello, la cara enterrada en su hombro y las piernas rodeando su cintura.

—Por favor, por favor, no me sueltes —suplicó de nuevo.

Correspondió al abrazo para tranquilizarla, al menos al principio, porque al poco descubrió que no le importaría seguir así, sintiendo la piel de Mara en la suya, lo que quedaba de tarde.

—Por muy agradable que me resulte esto —comenzó a decir—, vas a tener que soltarme si quieres aprender a nadar.

Mara se separó lo justo para mirarla a los ojos sorprendida. ¿Qué había dicho?

—¿Agradable? —preguntó Mara muy seria, pero debió de ver algo en ella que cambió su expresión—. Madre mía, te has puesto colorada.

—Qué va.

—Oh, sí. —Mara sonrió triunfante y eso lo empeoró—. Y va a peor.

—Qué dices —replicó tocándose una mejilla.

—Vaya, vaya, la imperturbable señora del bosque ruborizada.

Debía de ser cierto, porque al tacto notaba su mejilla algo acalorada. Bueno, ella conocía el mejor remedio contra el calor.

—Coge aire —le dijo a Mara.

—¿Qué? —preguntó la campesina asustada.

—Aguanta la respiración.

—No, espera.

—Una, dos...

—¡No, por favor!

—¡... y tres!

Abrazada a Mara, se hundió con ella en el agua. Una vez sumergidas la soltó y esta braceó y pataleó para llegar a la superficie. Ella hizo lo propio medio metro por delante de Mara.

—¡Socorro, socorro! —decía sin parar de bracear intentando acercarse a ella.

—Vas muy bien, sigue así, no te olvides de mover las piernas.

—Agárrame, por favor, me voy a ahogar.

—No te vas a ahogar. Ya casi me alcanzas.

Menuda mentira, no porque Mara no avanzara, que lo hacía de forma lenta pero segura, sino porque ella también seguía alejándose despacio.

—Vamos, Mara, no te rindas. Pies y manos, pies y manos.

La muchacha parecía uno de los lobos nadando torpemente con sus cuatro patas, elevando la cabeza por encima del agua con los ojos desorbitados y la respiración agitada.

—Ya está, lo has conseguido —dijo dándole la mano.

Mara volvió a convertirse en lagartija, agarrándose a ella con brazos y piernas. Sintió su respiración, acelerada y entrecortada, cerca de su cuello.

—Lo has hecho muy bien —le dijo abrazándola y acariciando su espalda. Mara respondió con un resoplido—. ¿Salimos del agua?

—No puedo... —Tomó aire—, no siento las piernas.

—¿Esperamos, entonces?

Mara asintió con la cabeza.

Puede que no estuvieran así, abrazadas dentro del agua lo que quedaba de tarde, aunque por un momento le pareció posible.

CAPÍTULO 4

La brisa sopló, haciendo que un mechón rebelde de su pelo castaño, recogido en un moño trenzado, cayera sobre sus ojos. Lo colocó tras una oreja y prosiguió.

—Durante varias noches, las suficientes para que Mara aprendiera a defenderse sola en el agua y para llenar el pozo más de la mitad de su capacidad, salió la muchacha de su casa, sigilosa, con toda la cautela necesaria para que nadie en la aldea se enterara, no solo de sus escapadas nocturnas, sino también de sus regresos. —Cerró los ojos para sentir esa brisa de nuevo acariciando su cara y apoyó la cabeza en el tronco—. La rutina era sencilla: su amigo el ciervo la esperaba en la parte trasera de la casa, agazapado entre las sombras. Ella le colocaba unas alforjas adaptadas para cargar dos tinajas. Tinajas que llenaba en el lago; y después de su clase de natación, regresaba al abrigo de la luna con el ciervo acarreándolas. Mientras ella echaba el agua en el pozo, su amigo volvía al bosque.

***

La señora del bosque le dio cuatro saquitos de cuero llenos de semillas, ella se quedó mirándolos embobada, ¿de dónde los habría sacado?

—Estas son de trigo —le dijo señalando el primer saquito— y estas te darán patatas.

Mara miró a su alrededor, comprobando con la vista que allí no había más que árboles frutales, nada de cereales o tubérculos. ¿Cómo había conseguido esas semillas? ¿Se encontrarían en lugares recónditos del bosque que no conocía?

—¿Me estás escuchando?

—Eh, sí, perdona.

—Trigo —enumeró señalando, de nuevo, cada saquito—, patatas, cebada y tomates.

—¿Tomates?

—¿No sabes lo que son? —Mara negó con la cabeza—. No importa, pronto lo sabrás.

Mara contempló los pequeños sacos de cuero que tenía en las manos. Ante la perspectiva del duro trabajo de labranza, arar la tierra reseca y dividirla en cuatro cultivos, pensó que, por una vez, primero se merecía el premio.

—¿Qué haces? —preguntó la señora del bosque cuando la vio dejar los sacos en el suelo.

—¿Un chapuzón? —invitó a su amiga sonriendo mientras comenzaba a desvestirse.

Aquella conocida por los humanos como dríada contempló cómo Mara, la misma que no hacía mucho hubiera preferido que la tragara la tierra a desnudarse delante de ella, ahora se quitaba con alegría la ropa, lanzándola tras de sí, y salía corriendo hacia el lago entrando en sus aguas de un salto. Seguía nadando peor que un cachorro de lobo, pero el pavor en sus ojos lo había cambiado por una amplia y orgullosa sonrisa.

—Será mejor que me meta contigo, porque es más probable que te ahogues ahora que te crees que sabes nadar.

A Mara le entró la risa, perdió la concentración y se hundió. Volvió a surgir con rapidez, aunque eso no evitó que tragara agua. La señora del bosque aceleró el paso para alcanzarla antes de que la tos, provocada por unos pulmones que intentaban expulsar el agua, acabara con ella.

—Te tengo —le dijo mientras la cogía—. No intentes hablar, lo primero es lo primero: toser y toser.

Mara sonrió y tosió, y sonrió mientras tosía. Y después del baño, por primera vez desde que empezaran sus clases particulares, al salir del agua, Mara no se puso la ropa enseguida, sino que se tumbó, desnuda, en la orilla. Ella, al principio, dudó si acompañarla o no. Decidió por descarte, porque quedarse de pie mirándola no daría buena impresión, y se sentó a su lado con la vista hacia el lago. Mara, desde su perspectiva, veía su espalda llena de pequeños ríos que bajaban serpenteando por ella, el cabello mojado, de longitud hasta los hombros, era el origen de esa agua escapada en vertiginoso descenso. Se incorporó para quedarse sentada, igual que ella, sin dejar de mirarla; la señora del bosque, al notarlo, le devolvió esa mirada.

—Cambian de color —dijo Mara.

—¿Qué?

—Tus ojos, cambian de color.

—¿Ah, sí?

—Sí, hace tiempo que me di cuenta. Es como si por el día reflejaran todos los verdes del bosque y por la noche los marrones. —Mara arrugó la frente, ¿sería posible?—. ¿No lo sabías?

—No, eres la primera que se da cuenta y me lo dice.

—No me digas que nunca te los habías visto.

—¿Y por qué iba a querer mirar mis propios ojos?

—¿Para saber cómo son? —La señora del bosque la miraba sin entender la importancia de aquello. Tal vez no la tuviera, tal vez solo resultara divertido—. ¿De qué color es tu pelo?

—Para qué responder si estás deseando decírmelo tú.

Mara sonrió, como una niña a punto de hacer una travesura y a la vez como una adulta en plena tarea de seducción.

—Se podría decir que rojizo —dijo observando su pelo de arriba abajo con sobreactuado interés—. Parecido al de la arcilla antes de que se empiece a secar, pero algo más oscuro.

—¿Todo eso es un color?

—Oh, sí, el de tu pelo. —La mirada de Mara bajó del pelo al cuello y de ahí al hombro para descender por el brazo—. Para describir el de tu piel necesitaré más palabras.

—Por favor, no hace falta que gastes tanta saliva.

—No es dorada —dijo Mara ignorándola y sin poder contener una sonrisa—, aunque brilla como si lo fuera. ¿Te das algo?

—¿Cómo?

—¿Algún aceite natural?, ¿o solo te restriegas por la hierba? Porque si es eso, voy a empezar a hacerlo ahora mismo.

A Mara le entró la risa cuando ella estaba a punto de replicar.

—¿Quieres que te diga a ti cuáles son tus colores? —dijo la señora del bosque intentando que el objeto de burla cambiara de bando.

—Sí, pero espera, aún no he terminado.

Su piel, que brillaba como si fuera dorada, pero sin serlo, no llegaba a tener el tono oscuro del de ella, que, según sus palabras, era de un vulgar marrón mate. Entre risas concluyó que no podía ser un color natural, que seguro que se lo había pintado con pintura de los dioses. Y comprobó con el dedo, tocando su hombro, que no se iba; qué buena era la pintura esa de los dioses.

—Hay que ver la de tonterías que se te pueden ocurrir —replicó ocultando lo mucho que disfrutaba con todo aquello—. Ya me estoy arrepintiendo de mi idea del pozo, el agua y la siembra.

—Y tus labios son... —continuó Mara con el juego que había creado casi sin querer. La señora del bosque notó que una parte de ella, la que habitaba sobre el estómago, pegaba un respingo—, son...

Los juegos dejan de ser juegos, o se convierten en otra cosa, cuando tus ojos se quedan fijos en la boca de un ser inmortal y a tu mente no llegan palabras, tan solo una imagen que invita al riesgo, que te seca la garganta y acelera el corazón tanto como las ganas de irte antes de meter la pata.

—Se ha hecho tarde, he de regresar.

—¿Mara? —la llamó la señora del bosque mientras ella cogía su ropa y se vestía a toda prisa—. ¿Estás bien?

—Eh, sí, es solo que había olvidado que hoy tenía que volver antes. Qué despiste, mi madre me va a matar.

—No creo que tu madre haga eso.

—Es una forma de hablar.

—Ya lo sé, Mara, bromeaba. —Su amiga la ignoró, vistiéndose a toda prisa—. Pero a ti no te ha hecho mucha gracia.

—Perdona, es que estaba con la mente en otra cosa. Nos vemos mañana.

—Claro, cuando quieras, aquí estaré, pero porque no puedo ir más allá de los robles, no porque quiera verte.

Mara soltó una risa nerviosa, extraña para la señora del bosque, que esperaba otra clase de reacción a lo que ella creía que había sido un chiste ingenioso. Mara se fue apresurada, casi sin despedirse, y ella se quedó con la incomprensible sensación de haber hecho algo que la había ofendido de alguna manera, pero sin saber qué.

***

Ela detuvo el relato y miró a los pequeños espectadores que tenía frente a ella. Era fácil contarles los detalles que se ven a simple vista, las acciones del día a día. Mara limpió la tierra, quitando piedras y hierbajos secos, que aun muertos permanecían aferrados al suelo. Aró esa tierra endurecida por inumerables primaveras de sequía, con un cordel delimitó cada parcela de cada cultivo y la sembró.

Al llegar la noche, tal y como le había explicado la señora del bosque, regó con el agua del pozo. Bajo la influencia de la luna los cultivos crecerían más rápido. La imagen de espigas de trigo y patatas bajo el suelo y como quiera que fuese eso que se llamaba tomate, la hizo sentir extraña, en una calma desconocida u olvidada, como si estuviera a punto de llegar a su casa después de un largo viaje y ya pudiese descansar, pero al mismo tiempo estaba intranquila.

—¿Por qué, Ela? —preguntó Aloia, con voz temerosa, como siempre, pero sin poder evitarlo.

—Porque se dio cuenta de que nada volvería a ser igual después de aquello. Porque debía admitir que su madre tenía razón, que cuando asomasen las consecuencias ya no podría inventarse una historia incompleta como la del carro para hacerlas desaparecer y evitarlas. Todo cambiaría para su familia y para el resto del pueblo también.

—¿Y qué hizo, Ela? —volvió a preguntar aquella que se encontraba entre los más pequeños.

—Lo mismo que ya había hecho antes: respirar hondo, dar un paso y adentrarse en el bosque.

Sí, todo aquello era fácil de contar a un público tan joven como aquel, con una mente tan ávida de experiencias como falta de ellas. Pero cuando les explicaba que Mara, mientras aró y sembró, mientras esperó cada noche para regar y contempló cómo la simiente surgía de la tierra, crecía y maduraba, no volvió al bosque, nunca lo entendían. Ni diciéndoles que fue porque no encontró otra forma de evitar hacer eso que siempre hacía: ir hacia delante. Que creyó que sería más valiente si no enfrentaba aquel anhelo mezclado con miedo, porque las consecuencias tras él bien las conocía, y no quería pasar por ello otra vez, con ella no. Y que pensó que, distanciándose aquel tiempo, haría acopio de fuerzas y lo mantendría a raya.

—¿El qué, Ela? —preguntaban.

—Pero si la señora del bosque es buena, Ela —argumentaban también.

—Por eso mismo, niños, por eso mismo.

***

El tomate era rojo, suave y tierno al tacto, tenía el tamaño de una manzana y casi su misma forma. Se preguntó cómo se comía aquello y, ya que se parecía a una manzana... Lo frotó contra su ropa, lo elevó frente a sus ojos, sí, una manzana rojísima que se llevaba a la boca para darle un bocado. De su garganta

salió un gemido de placer y cerró los ojos mientras lo masticaba. Nunca había comido nada tan jugoso, y ese jugo, tras cada
mordisco, se escurría con dulzura por las comisuras. La tierra,
una de sus cuartas partes, estaba repleta de ese color: rojo intenso. Otras dos se llenaban de espigas, verdes ahora, amarillas
en unos días. Y bajo la última habitaba toda una tribu. Volvía a
haber vida allí. Entró en casa con un tomate en cada mano, con
la sonrisa doliendo en la cara.

—Mamá, Yago, probad esto.

Qué mágico fue aquel momento, cuando la boca de su madre y su hermano se llenaron de vida, jugosa e intensa, que
resbalaba por la comisura de los labios, sonriente comisura, al
mismo tiempo que las lágrimas por las mejillas. Solo le faltaba
una cosa para que fuese perfecto.

Mara salió de su casa sin esperar a que llegara la noche, por
la parte delantera, sin escapar de miradas indeseadas, y se dirigió al bosque. No podía esperar más, tenía que pedirle perdón
por todos esos días de ausencia, qué pensaría de ella, que era
una desagradecida como poco. Deseaba explicarle el porqué, lo
deseaba, pero ¿y si no lo entendía? ¿Sabrían algo las dríadas de
leyenda de aquello que volvía estúpidos a los humanos?

—Como sumergirse en las aguas, Mara —se dijo a sí misma—. Si dejas de mover los brazos y las piernas, te ahogas.

La esperaba en el lugar de siempre, pero al verla entrar en
el corazón de su hogar no se inmutó. ¿Estaba enfadada? Sintió
miedo, más que el que le tuvo al bosque o al lago, mucho más.
Y debió de reflejarse en su cara, porque la actitud de la señora
del bosque cambió.

—¿Ha pasado algo? —dijo saltando de la raíz para ir a su
encuentro.

—No, no, todo está bien. Muy bien, de hecho.

—¿Entonces?

—Quería…, yo quería…, contarte… —Tomó aire, mucho aire,
qué ridícula sonaba, y más que sonaría si lo expresaba en voz
alta, así que se guardó las palabras que de verdad deseaba decir—. Gracias, de corazón, por todo.

—No tienes que darme las gracias, Mara.

Escuchó la voz de su madre aquella vez en que llegó a su casa llorando, triste y avergonzada. «Si es que a veces no piensas las cosas, Mara», le dijo mientras le lavaba con un paño húmedo la cara poniendo especial cuidado en su mejilla izquierda, roja por culpa de un bofetón. «Es que, yo creí que ella...», intentó justificarse entre hipos. «Tu creíste y entonces qué». Ella con la cabeza gacha contestó: «Pues eso, mamá». «Bien, ahora ya te ha quedado claro que ella no».

No era verdad, no, no lo era, eso de que no pensara las cosas, podía parecerlo desde fuera porque cuando tomaba una decisión iba hacia ella sin dudar. Reflexionó mucho antes de ir hacia el bosque, estaciones con sus días y sus noches, observándolo en la lejanía, como una isla irreal, lleno de todo lo que a ellos les faltaba. Eternos ciclos lunares que se convirtieron en solares hasta que una mañana miró a su hermano sufriendo en sueños y a su madre disimulando el llanto al escuchar su quejido. Miró y vio que no había otro camino.

Estaba triste. En sus ojos, verdes de día, marrones de noche, se podía ver con claridad. Esa tristeza la sembró la primera noche que no regresó y fue regada durante catorce más. Creía que la había abandonado, que nunca había ido al bosque más que por necesidad y que como había dejado de ser así, ya no iba a regresar. «No es bueno ser tan impulsiva, hija». «Como nadar, Mara, si te paras, te ahogas». Respiró hondo, dio un paso al frente, apoyó una mano en su cuello para atraerla hacia ella y otra en su cintura para no perder el equilibrio mientras se ponía de puntillas, por qué tendría que ser tan alta.

Ella, la señora de aquel bosque, poderosa inmortal, nunca había tenido ese grado de intimidad con nadie, nunca lo había deseado con nadie. Todos los nunca se extinguieron al mismo tiempo: cuando los labios de Mara tocaron los suyos. Era la primera vez que alguien la besaba, la primera vez que deseaba que lo hicieran. No supo qué hacer mientras todas aquellas primeras veces se encadenaban una tras otra. Dejarse guiar le pareció la mejor solución, aunque la avergonzara sentirse tan torpe mientras cálidos besos apresaban su labio inferior.

***

Al llegar a esta parte siempre sucedía lo mismo, los niños se tapaban la boca con ambas manos y se reían, pero no de cualquier manera, sino en dos tiempos, el de la frase «se han dado un beso» y el de las risitas jocosas. Aquella forma que tenían los niños de reaccionar ante las cosas de los mayores la divertía sobremanera. Lo que le costaba mantenerse seria y hacerse la ofendida porque habían interrumpido el relato, qué falta de respeto. Lo imposible que resultó no sonreír ante la última ocurrencia, ante la explicación del mayor a los demás sobre qué sucedía después de un beso.

—Pues duermen juntas. Es lo que hacen los mayores que se quieren. —Y buscando la confirmación de un adulto, la suya, le preguntó—: ¿A que sí, Ela?

—Sí, hijo, sí. Duermen.

—¿Veis?

—Mis papás —se animó otra de las veteranas—, a veces, también hacen ruidos raros.

Y vuelta a las risas de bocas tapadas con ambas manos. Y ella, que notaba que las fuerzas le fallaban y que de no cortar aquello soltaría una carcajada nada apropiada para conservar su reputación, alzó la voz:

—Bueno, ya está bien —dijo dando palmadas para llamar su atención—, ¿queréis que siga contándoos la historia o no?

El sí retumbó en todo el bosque, tanto que hasta despertó a las alimañas.

—Sí, durmieron juntas y abrazadas, cerca del lago, cubiertas de mantas formadas por enredaderas, bajo un cielo que cambió sus estrellas y su luna por un sol escoltado por nubes blancas.

***

No tardó en armarse revuelo alrededor de su casa. En una aldea tan pequeña como aquella, el milagro ocurrido en las tierras de la familia de Outel y Rosalía fue una noticia que alcanzó veloz cada rincón que la componía, cada persona que la habitaba. Ante las miradas hambrientas que la rodeaban, Mara no pudo hacer otra cosa, igual que aquel lejano día que entró con el carro del panadero tirado por un ciervo: repartió la cosecha con sus conciudadanos. Con el tiempo, aquella solución resultó escasa, porque los cultivos ni crecían a la velocidad de las necesidades de su pueblo, ni sus tierras eran lo suficiente grandes como para cubrirlas.

—¿Te importaría si yo —le preguntó dubitativa a la señora del bosque— compartiera el agua con los demás?

—¿Es eso lo que quieres hacer?

—Sí, pero no sé si podré hacerlo sin hablarles de ti y, de ser así, no sé cómo reaccionarían.

—Seguro que se te ocurre algo.

Mara descubrió, con alivio, que a sus congéneres, cuando les dio las instrucciones de cómo usar el agua de su pozo, poco les importó lo extraño de las mismas y obviaron preguntas como el porqué solo en su casa había agua si no llovía, si hasta el río llevaba tiempo seco. El dónde y quién se la había proporcionado se perdió entre cosechas que brotaban dos veces en cada ciclo lunar, en luna nueva y en luna llena, trigo o cebada que el panadero volvió a usar para hacer pan o magdalenas, o patatas que al asarse olían a futuro; y entre tomates, muchos tomates.

Volvía a haber vida allí, en una minúscula aldea al norte, muy al norte, por la que se llegaba siguiendo un camino polvoriento y pedregoso, bordeado por hierbajos secos, muertos. Un camino que hacía muchos inviernos que nadie recorría, porque nadie iba donde nada había que hallar.

—¿Y esto qué es? —preguntó la señora del bosque al mirar el contenido de la cesta que le ofrecía Mara.

—Pruébalo.

—¿Cuál cojo primero?

—Empieza por estas —Mara respondió con una sonrisa pícara—, tienen almendras.

Pastas, se llamaban pastas, y tenían diferentes formas y hasta colores, dependiendo del fruto con el que se combinaran.

—¿Y bien?

—Me gustan más que eso que trajiste la última vez, ¿cómo se llamaba?

—¿Bizcocho?

—Sí, un poco seco para mi gusto.

—A mí también me lo parece, mojado en leche está mejor. La próxima vez traeré también.

—¿Tenéis leche?

—Sí, bueno, en la última asamblea decidieron que un par de personas irían a la ciudad más cercana para cambiar parte de las cosechas por algunas cabras. —Mara hablaba mirando hacia abajo, pero eso no ocultaba su preocupación—. Prometieron que serían discretos y que solo sería por esta vez.

—¿Pero?

—No sé. —Mara cogió una pasta y se la llevó a la boca. Una golosa forma de terminar con la conversación—. Mmm, riquísimas.

—Anda, traga antes de hablar. —Una carcajada hizo que Mara, sin poder evitarlo, escupiera parte de la pasta sobre ella—. ¿Ves?

Los pómulos rellenos, el brillo en el pelo, los huesos ocultos tras felices capas de carne. Esta Mara, saciada y plena, no se parecía a la Mara hambrienta y sin esperanza de los primeros días en tantas cosas... Para empezar, ya sabía nadar, y bucear, y surgir del agua por la espalda y a traición para hundirla en las profundidades del lago. Y mientras la humana se convertía en poco más que una sirena, ella aprendía cuántos tipos de ritmos podían tener los besos, cómo cambiar de uno a otro siguiendo tu deseo o el ajeno. Y, por supuesto, descubrió que no solo los labios, cuando se juntaban, eran capaces de crear diferentes danzas, también que cada parte de sus cuerpos poseía las suyas propias y que se podían combinar entre sí de infinitas formas.

***

Estaba llegando a esa parte de la historia, la previa al final, donde el conflicto golpeaba, estremeciendo toda paz. Estaba llegando a las consecuencias.

—Ay, la prosperidad, qué bien les sentaba —dijo a su audiencia callada y atenta—. No solo a ella y a su familia, al resto de la aldea también, por un tiempo los hipnotizó, los mantuvo en un sueño lúcido donde no existían tiranos avaros, ególatras con afán de poseer todo cuanto existiera. —Se detuvo y suspiró—. La aldea de Mara era un lugar insignificante y lejano, no tenía nada de especial, salvo haberse desarrollado cerca del Bosque de Robles, y desde hacía varias primaveras no tenía, literalmente, nada. Por eso tardaron tanto en llegar. Por eso ella había olvidado el aspecto de los soldados, lo frío y aterrador que parecía un ejército cuando se acercaba en la lejanía, hacía mucho tiempo que no pasaban por donde nada había que encontrar.

CAPÍTULO 5

Corría por el bosque, hacia el lago, secándose furiosa con el dorso de la mano las lágrimas que se escapaban de sus ojos. Antes de que los soldados entrasen en la aldea su madre le ordenó que se fuera. Ella no quiso y, a empujones, la echó de casa. Su madre, porque lo había vivido muchas veces con la edad suficiente para recordarlas, sabía muy bien lo que sucedería si la veían, joven y apetecible, aunque, a veces, eso tampoco les importaba mucho, no respetaban ni edad ni género. El ejército se componía de dos tipos de hombres, los que arrasaban con todo y los que miraban a otro lado mientras eso sucedía. «Vete al bosque, ¡vete!» y ella se fue con la impotencia palpitando en su pecho, transformándose en ira a medida que se alejaba. ¡Que se llevasen toda la cosecha, las reservas, el agua!, a su madre eso le daba igual, pero a su hija nadie iba a ponerle un dedo encima.

—No van a dejar nada, ¡nada! —le dijo a la señora del bosque.

—¿De qué hablas, Mara?

—De los soldados del tirano, han vuelto.

Mara rompió a llorar y ella, que no tenía palabras para consolarla, palabras que no fueran una mentira velada, solo la abrazó.

—Lo siento, Mara.

—No sé qué hago aquí —dijo de pronto deshaciendo el abrazo—. Cómo he podido dejarlos solos.

—Mara, espera.

—No tendría que haberle hecho caso —continuó Mara caminando de un lado a otro sin escucharla—. Tengo que volver.

Inició el camino y se detuvo. Se volvió y dio dos pasos hacia ella. Y de nuevo se giró para caminar en la dirección de salida. Antes de alejarse mucho paró, clavando sus pies en la hierba, ni siquiera había salido del corazón del bosque, no llegó hasta los robles que rodeaban a los árboles frutales. Y entonces gritó, para sacarlo todo, el dolor, la impotencia, la rabia. No sabía qué hacer, o sí, pero no cómo hacerlo. Ella sola no. La señora del bosque tampoco lo sabía, no había en su larga vida una respuesta, un consejo que seguir en aquella situación. Esperaron juntas y en silencio, sentadas cerca del lago, hasta que sus aguas en calma oscurecieron.

—Creo que ya se habrán ido —dijo Mara poniéndose en pie.

La miró sin saber qué decirle, cómo animarla, qué palabras podía escoger que ocultasen cómo se le encogió el alma al ver toda esa pena en sus ojos, al no encontrar ni rastro del brillo, del júbilo, que había en ellos la noche anterior. Sintió el sabor del beso angustiado que Mara le dio antes de irse y no hizo nada más que verla partir.

***

Una ardilla sobre su regazo hizo que desviara la atención de sus oyentes. Buscó en su zurrón y sacó un puñado de frutos secos. Los depositó en la hierba a su izquierda y la ardilla, agradecida, descendió de sus piernas para recoger una y trepar por el árbol hasta su madriguera. No tardaría en regresar, las veces que fueran necesarias, hasta llevarse todo el botín. Sus ojos regresaron a los niños y continuó.

—La rutina de tiempos pasados regresó: sembrar, cultivar y trabajar deprisa para que, antes de que los soldados regresaran a por el tributo quincenal, les diera tiempo a ocultar parte de lo que les daba la tierra. Mara lo escondía en el bosque. Un giro irónico del destino, si lo pensáis bien. Y procuraba que la cosecha que dejaba al alcance del ejército fuera mayor que la que guardaba.

Ahí estaba de nuevo la ardilla, recogiendo y trepando.

—Mara era la única que conseguía burlar la concienzuda búsqueda de los soldados. Los demás no tenían su suerte y, tras cada nuevo escondrijo revelado, siempre había represalias.

***

Era cuestión de tiempo, de la cantidad justa de terror. Porque qué importaba confesar a quién se debía tanta prosperidad si con ello salvabas tu pellejo o el de tu hija o el de tu padre, ¿alguien podría juzgarlo?

Mara regresó de noche, como en los anteriores días de tributo, creyendo que, al llegar a la aldea, el ejército se habría ido hacía tiempo, pensando que, al entrar en casa, solo encontraría a su madre y a su hermano.

—¿Yago?

La casa en penumbra solo le dejaba distinguir la figura de su hermano encogido en el suelo al lado de su camastro, como si se hubiese caído de él.

—¿Dónde está mamá? —le preguntó acercándose para levantarlo, y la semioscuridad ya no pudo ocultar lo que en realidad pasaba—. Yago, tu cara. ¿Quién...?

La tenía ensangrentada con la nariz partida y el ojo izquierdo cerrado debido a la hinchazón. Le contestó con un gesto leve de cabeza, tras ella estaba la respuesta.

—Hola —dijo uno de los tres soldados que había en su casa, el de más rango a juzgar por su armadura, los otros dos escoltaban a su madre, manteniéndola callada y quieta con la amenaza de una daga en su garganta—, Mara, ¿verdad? Contigo quería yo hablar.

Lo sabían todo. Primero un vecino sugirió que hablaran con Rosalía y su familia, ellos habían empezado a cultivar, ellos les proporcionaron las primeras semillas y el agua. Después, para que dejaran de golpear a su hijo, la madre les contó el resto entre lágrimas y culpabilidad, con la esperanza de que su hija lo entendiera, seguro que lo hacía, ella más que nadie lo haría.

***

—¿Y qué hizo, Ela?

Se había quedado pensativa otra vez, con la mirada perdida en las ramas de los árboles, en sus hojas y en la luz que se filtraba entre ellas. Se oía el piar de los pájaros, a los nuevos polluelos reclamando el alimento. Escuchó a un conejo entrar en su madriguera a toda prisa, un inexperto zorro no fue lo suficientemente silencioso.

—He mencionado la antigua leyenda de la dríada, la que mantuvo aterrorizados a los hombres y mujeres del mundo y alejados del bosque, y que fue transformándose con el tiempo. Cambiada y moldeada al pasar de una boca a otra, solo unos pocos creían recordar una parte casi olvidada, que existía algo a lo que la dríada era vulnerable, un mineral escaso que se encontraba en las profundidades heladas del este y que debía ser forjado en noches de luna negra.

—Pero no puede morir —intervino Irimia, quien escuchaba por primera vez la historia completa—, ¿verdad, Ela?

—Nada vive eternamente, eso le había dicho una vez a Mara, y era muy cierto.

—Pero Ela...

—Shhh, paciencia, déjame terminar.

—Lo siento, Ela.

***

Forjar las cadenas adecuadas para capturar a la dríada llevó su tiempo y, hasta que no estuvieron listas, Mara y su familia permanecieron presos en su propia casa. Una parte del ejército del tirano, designada por él para adentrarse en el bosque y conquistarlo en su nombre, se instaló en la aldea. Turnaban a los soldados para ser su sombra con la orden grabada a fuego de no perderla de vista. Mara deseaba avisar a la señora del bosque, pero todos sus intentos fracasaban y, cada vez que la pillaban, su hermano o su madre sufrían las consecuencias. Tras el enésimo fracaso no tuvo más remedio que desistir.

El bosque estaba inquieto, nunca habían visto a su señora así de preocupada. Deambulaba de un lado a otro o permanecía desde el alba hasta el anochecer en el límite mirando al mundo de los humanos, desesperándose un poco más a cada instante que pasaba sin que Mara apareciera. Hasta ellos sabían que esa ausencia no se parecía a las otras y aquel mal presentimiento compartido les aterraba porque ¿y si no volvía nunca más?

Dos ciclos lunares, eso duró la espera. Tres hombres a caballo y un carromato acabaron con ella. ¿Cuántas cadenas transportaba?, media docena, pero eran tan largas que parecían muchas más. Habían sido fabricadas por treinta y tres herreros, todos los que existían en el reino del tirano. Durante dos noches, mientras la luna oscura coronaba el cielo, trabajaron sin descanso, empezaban tras el último rayo de sol y se detenían justo antes de que el siguiente volviera a brillar.

Al amanecer partieron en dirección al Bosque de Robles. Escoltados por varios soldados a caballo y otros tantos a pie, Mara y su familia caminaron hacia la que siempre nombraron como la morada de la dríada. Yago lo hacía con dificultad, apoyándose en ella y su madre, mientras que el general del ejército, montado en un corcel mestizo, no les quitaba ojo.

—Entrad en el bosque —les susurró a su madre y a su hermano cuando ya divisaban su destino—, en cuanto tengáis la mínima ocasión.

—No hagas ninguna tontería, por favor —le suplicó su madre.

—Nada de cuchicheos —dijo el líder a caballo llevando una mano a su empuñadura—, no seáis maleducados.

Al llegar al final del camino, el general ordenó que la separaran de su familia y a rastras la pusieron frente a la primera hilera de robles.

—Vamos, ya sabes qué tienes que hacer.

Mara escuchó toser a su hermano, los cascos del caballo golpeando la tierra y el sonido metálico de las cadenas chocando con las espadas que portaban los soldados de a pie. Miró al frente, respiró hondo y se adentró en el bosque.

Los primeros aleteos aceleraron su corazón, ¿había vuelto?, ¿sería verdad? Los que vinieron después la pusieron en alerta. Tras Mara, a la distancia de unos cien pasos, varios hombres armados. Nadie en el bosque quiso creérselo, debía haber alguna explicación. Mara nunca les haría eso, nunca, ella no era como el resto de humanos, como aquellos que ahora avanzaban a su espalda.

Mientras caminaba en dirección al lago, miró a su alrededor. No consiguió verlos, estaban agazapados, escudriñando entre la vegetación. Sabían que no iba sola, ¿qué pensarían de eso?, si pudiese explicárselo de alguna forma y advertirles. Necesitaba pensar, encontrar una solución que consiguiese mantenerlos a todos a salvo, a su familia en el bosque y a la que aguardaba fuera de él.

—¿Dónde estáis? —les dijo sin alzar la voz por temor a que la oyera quien no quería—, necesito vuestra ayuda.

No obtuvo respuesta. Sabía que no entendían sus palabras, pero al menos sabrían captar que era una súplica, una petición, la angustia y la desesperación que las formaban. Recordó lo que le dijo su protectora tiempo atrás: «Siempre que vuelvas tú sola». ¿Y si no aparecían porque no la creían, porque pensaban que los había traicionado? ¿Y si ella también lo creía?

Decidió esperarla en el lugar de siempre, recostada en la raíz a orillas del lago. Allí empezó todo, ¿allí terminaría? Cuánta quietud, todo el bosque en suspenso, esperando igual que ella, sin querer creer en la peor de las posibilidades. Escuchó sus pasos y la vio aparecer. Con calma bajó de la raíz y fue a su encuentro.

Se detuvo en cuanto vio que ella se acercaba. Así podría alargar lo inevitable un poco más. Apretó las mandíbulas, tragó saliva e intentó contener las lágrimas que comenzaban a emborronar su visión. ¿Por qué no se iba? ¿Qué es lo que hacía? Seguro que sabía que no venía sola, que lo que traía tras ella no anunciaba más que destrucción. Y aun así se acercaba. Quiso gritarle, pero solo podía tragar y tragar para que las lágrimas que se agolpaban en sus ojos no los desbordaran. Agachó la cabeza, no pudo soportar mirarla y no poder hacer nada.

Sintió cómo se estremecía al tocar su mejilla. Vio sus ojos llorosos y las lágrimas recorriendo sus mejillas cuando, sosteniendo su barbilla, alzó su cabeza. Seguro que había una buena explicación. Había tenido que elegir y no había sido a ella.

—Está bien, Mara, no pasa nada.

—Nía... —salió de sus labios temblorosos y, tras empujarla, le gritó—: ¡Vete!

—¡Ahora!

Cadenas forjadas en luna negra cortaron el aire y se enroscaron como serpientes en los brazos y las muñecas de Nía, en su cuello y en su cintura. Sintió arder su piel al contacto con el metal. Los hombres que sujetaban las cadenas tiraron con fuerza. Sus brazos hacia atrás. La soga metálica ciñéndose más y más, inclinado su cabeza, curvándole la espalda. Y cayó de rodillas.

—¡Vamos! ¡Tirad!

La tristeza invadió a Nía, profunda, heladora, de alguna forma todo volvía a repetirse. Las cadenas se fundían con su piel, quemándola, penetrando en la carne, pero el único dolor que sentía era el de la pérdida y la infinita soledad que le provocaba. Cómo volver a su vida de antes, a los ciclos mil una vez repetidos, a la rutina. Ya no podía, aunque solo hubiera sido un dulce espejismo, una isla en medio de la nada llena de emociones únicas con fecha de caducidad. Cómo regresar a la calma después de la más hermosa tempestad. Mara se había rendido, ¿qué debía hacer ella? Estaba tan cansada...

—¡Más fuerte!

... tanto...

—¡Hay que sacarla fuera del bosque!

... que permitió que las cadenas siguieran apretando, erosionando. Tanto que dejó de resistirse y los soldados arrastraron a la temible dríada. Nada vivía eternamente, incluso los seres inmortales podían desaparecer, solo tenían que desearlo. Y si así la salvaba a ella...

A medida que Nía entregaba su eternidad, que los soldados la acercaban al final de sus dominios, el bosque se iba apagando. Sin su corazón, sin ella, el pálpito que lo mantenía todo con vida, moriría y, tras él, todos los seres que lo habitaban.

—¡Con fuerza! ¡Tirad!

Los animales se mantenían escondidos, no les permitía actuar, esta vez no.

—¡Tirad!

Pudo ver al sol centelleando a través de las hojas de sus queridos robles. Una hermosa visión final.

—¡Ya falta poco!

Escuchó un grito. Su viaje se detuvo. Voces inconexas, nerviosas, ordenando cosas sin sentido. Sintió cómo una de las cadenas, la que tiraba de su brazo izquierdo, perdía su tensión.

—¡¿Qué hacéis?! —se quejó el que iba en cabeza cuando supo que solo él tiraba ya.

Nía, aprovechando el desconcierto, intentó incorporarse. Los soldados que se habían quedado embobados mirando a un punto que se escapaba a su visión, cuando se dieron cuenta de lo que pretendía, recuperaron la fuerza de sus agarres y las cadenas su tensión. Sujetó con la mano libre el metal que la ahogaba para evitar que la volvieran a tumbar, sintió arder la palma y los dedos al instante. Y así, medio sentada, consiguió verla. Mara le había arrebatado la espada a uno de aquellos hombres y se la había clavado en un pie. Con la dificultad de una inexperta guerrera, consiguió desclavarla y blandirla en el aire. Llamó la atención de un puñado de soldados, pero solo la tomaron en serio cuando con aquella espada alcanzó a otro de ellos en la cara. La presión de las cadenas disminuía a medida que varios de los hombres armados del tirano se sumaban a la tarea de reducir a una simple campesina que manejaba una espada como si fuera un pesado palo, a la desesperada, sin precisar dónde, cuándo ni cómo lanzaba la siguiente estocada. Había dudado de ella, creyó que se había rendido, y se había equivocado. Nunca un error causó tanta dicha.

Mara, acorralada y rodeada, movía la espada de izquierda a derecha y de derecha a izquierda frente a ella, pero lo único que conseguía era que los soldados se aproximaran con cautela, no que dejaran de hacerlo. Tarde o temprano la desarmarían, tarde o temprano acabarían con ella. Si así iba a ser, que fuera, pero con sus condiciones. Posó la espada en la tierra sin dejar de mirarlos. Ellos se detuvieron, desconcertados, desconfiados, y con razón. Mara calculaba la distancia a la que debían estar para, en su último desesperado ataque, al menos llevarse a uno de ellos con ella. Le brillaban los ojos, pero no de ira, de felicidad. Todo lo que había vivido desde que entró en el bosque hasta ese instante se reflejaba en sus ojos. Ninguno de aquellos hombres podría quitárselo ya. Respiró hondo, alzó la espada y se abalanzó hacia aquel que estaba más cerca. Notó cómo el acero se hundía en su carne, justo donde el brazo se unía al hombro, una lástima, no parecía una estocada mortal. Después de eso todo se volvió negro.

Mara yacía en el suelo, golpeada en la cabeza, la sangre le recorría la frente y desde ella goteaba en la tierra. Lo que sintió al verla así, por defenderla, por protegerla, no se parecía a la cólera que la invadió aquella vez, cuando empezaron a destrozar su bosque, a abusar de sus recursos sin miramientos, cuando los expulsó. No, la emoción que recorría cada parte de su ser no era como esa, porque entonces creyó que ninguno de aquellos mortales merecía la pena, que todos eran iguales. Y siguió creyéndolo hasta que la conoció a ella. Por un momento lo había olvidado, pero con qué convicción se lo había recordado.

Uno de los soldados, el que derribó a Mara, alzó su espada con la firme intención de atravesar a la campesina. La llamó pordiosera y le dijo que se despidiera, pero antes de que su arma, brillante y afilada, comenzara a descender, varias raíces, salidas de la tierra con furia, agarraron su brazo y lo lanzaron por los aires. Cayó al suelo y se quedó allí tumbado, más que dolorido por la caída, aturdido porque no entendía qué acababa de pasar.

Silencio. Los hombres del tirano mirando incrédulos a su compañero caído. Silencio. Las hojas de los árboles ya no eran agitadas por el aire. Silencio. Ni un solo pájaro adornaba el cielo. La vida en el bosque se había detenido. Nía estaba de rodillas con la frente apoyada en el suelo. El brazo derecho preso, hacia atrás, sobre la espada; el izquierdo libre, con la mano posada en la tierra, sintiendo toda la vida del bosque a través de la yema de los dedos. Los soldados, los que aún sujetaban cadenas y los que no, dirigieron sus ojos a la que llamaban dríada con ese temor instintivo provocado por algo intangible, pero a punto de estallar.

Nía alzó los brazos con fuerza y las cadenas resbalaron de las manos de sus captores. Gritó y el bosque, desde la profundidad de la tierra hasta las copas de los árboles, contraatacó.

***

Nunca conseguía describir lo que sucedía en esta parte, explicar que nadie murió aquel día, que los soldados salieron corriendo tras ver cómo a algunos los apresaban raíces o ramas salidas de la nada y los arrastraban fuera de los dominios de la señora del bosque, que huyeron sin mirar atrás cuando los animales salieron de sus escondrijos, amenazando con despellejarlos desde el cielo o la tierra; siempre había alguno que aprovechaba la pausa dramática para salir del semicírculo de un salto y darle el toque final a la leyenda.

—Y les hizo así —irrumpió Uxío poniéndose de pie y repartiendo puñetazos y patadas al aire—. Toma, soldado, ¡muere!

La entusiasta e imaginativa mente de un niño de nueve primaveras, como era de esperar, derrochó emoción y épica, escenificando sin igual cómo Nía, a la que una leyenda deformada a lo largo de generaciones renombró como dríada, derrotó al ejército de un tirano.

—Y los lobos los cogieron y... y los mordieron —dijo añadiendo un gruñido muy muy aterrador—. Y los pájaros cayeron del cielo y...

Y más sonidos imitando el descenso de las aves; y otros, los gritos de los soldados. Y tan apoteósica fue la representación de Uxío, uno de los presentes que más veces había escuchado aquella historia, que contagió al resto de sus compañeros. Niños y niñas de diferentes edades se unieron sin pensar a la lucha contra imaginarios enemigos. Sí, esa era la señal que indicaba que tenía que interrumpir aquel rebose de energía y pasión antes de que alguno golpeara a otro sin querer.

—Ya está bien, sentaos —alzó la voz acompañada de sus eternas palmas—. Aún falta rematar el relato. Toda historia necesita una conclusión que esté a la altura.

***

Cuando no quedó ningún indeseado en su bosque, Nía se deshizo de las cadenas que aún tenía enroscadas y fue hacia Mara, que seguía inconsciente sobre la hierba. Le examinó la herida de la cabeza, no era muy grande, aunque sí profunda y no dejaba de sangrar. La cogió en brazos y la llevó lo más deprisa que pudo hacia el lago. La sostuvo sobre sus aguas, limpió la herida con ellas y esperó hasta que aquella brecha se cerró por completo. Después, la tumbó en el suelo y le quitó la ropa húmeda y con rastros de sangre. Creó un manto de hierba para arroparla y varios animales aparecieron para custodiarla, aquellos que la atacaron la primera vez que entró en el bosque. La dejó allí y se dirigió al límite de su hogar, al lugar por el que habían entrado los soldados. Mientras llegaba a él, las quemaduras profundas y en carne viva que le habían producido las cadenas en el cuello, la cintura y los brazos, cicatrizaban, convirtiéndose en marcas oscuras de ligaduras. Se paró antes de alcanzar la última hilera de robles, cuando ya pudo verlos con claridad, al hombre a caballo de armadura reluciente y a lo que quedaba de su temeroso ejército, atrapado entre las ganas de huir y el miedo a las represalias de su líder. Frente a ellos había dos personas que no encajaban, una mujer arrodillada sosteniendo en brazos a un hombre joven, delgado y lleno de golpes. Así que ese era Yago. Así que esa era su madre.

Se acercó al límite, hombro con hombro con uno de los últimos árboles de su reino, para que su presencia fuera visible para los soldados y para el general a caballo. La montura del señor al mando se estremeció, él descargó su furia en ella por no estarse quieta, por moverse agitada de un lado a otro sin control. Los soldados dieron un paso atrás, y dos, y tres; al cuarto, recibieron la orden de permanecer donde estaban. Ella los ignoró y ofreció su mirada a las dos figuras abrazadas en el suelo, a la familia que aún le quedaba a Mara. Extendió una mano, invitándolos a entrar, brindándoles su casa como refugio. La madre de Mara se puso en pie y ayudó a su hijo para que también lo hiciera. Yago caminó con dificultad, cargando parte de su peso sobre los hombros de su madre. Entraron en sus dominios ante la mirada de los soldados, ante el estupor del lugarteniente de un señor de la guerra. Los miró por última vez, nadie se atrevió a mover un músculo, a dar una orden de ataque. No necesitaba decir una palabra para que su mensaje quedara claro, pero como con algunos humanos nunca se sabía...

Del bosque salieron en bandada miles de aves, en manada cientos de mamíferos. Poderosos cuadrúpedos embistieron con sus grandes astados y osos pardos rugieron alzándose a dos patas. El caballo derribó al jinete, y los soldados huyeron dejando atrás sus escudos y sus armas. El poderoso general ya no lo parecía tanto, solo y derrotado, tirado en el suelo rodeado de bestias.

—Dile a tu señor, quien quiera que sea, que no es bienvenido y que no pararé hasta conquistar todo su reino. Devolveré cada pedazo de tierra a quien de verdad se la merezca.

Lo observó arrastrarse hacia atrás sin dejar de mirar a los animales que lo amenazaban. Levantarse temeroso. Se fue por el camino, seco y polvoriento, con pasos torpes y acelerados. Nunca más lo volvería a ver.

Ojos como platos, bocas abiertas, quedaba poco para rematar el magnífico relato de la gran y poderosa señora del bosque, de Nía y, también, de Mara, la valiente humana.

—El Bosque de Robles siempre había permanecido inamovible, sin cambios, durante cientos de ciclos solares. Ocupaba el lugar que creía que le pertenecía, sin alterarlo, sin ir más allá, convencido de que cada cual solo debe coger lo que le corresponde. —Les sonrió con dulzura. Eran tan pequeños—. Aquel día todo cambió. Su señora, por primera vez al mirar más allá de sus dominios, entendió que aislarse de lo que sucedía a su alrededor, cerrarse al resto del mundo, había sido una equivocación. Sin querer se condenó a sí misma, a la soledad del que permanece, del que no hace nada porque cree que no le afecta, que no es de su incumbencia. Era tan culpable como los ejércitos y sus señores de la lenta muerte que la rodeaba.

La brisa agitó las ramas de los árboles, una melodía que siempre la reconfortaba, era como si los robles, los poderosos robles, le cantaran una nana.

—Fueron Mara y su familia los que colocaron las primeras semillas fuera del límite del bosque. Semillas regadas con el agua del lago que hizo brotar nuevos robles. Tres ciclos solares necesitaron para que su apariencia de simples plantas cambiara a la de árboles robustos. Varios más para que rodearan la aldea de Mara, protegiéndola. Sus antiguos vecinos se unieron a la tarea y el bosque se extendió con más rapidez, abrazando nuevos pueblos y ciudades, dando cobijo a quien fuera digno de él.

Los niños sonreían, maravillados por una historia que ellos continuaban y continuarían, orgullosos de ser su resultado y de perpetuarla. Les devolvió la sonrisa con la mirada, una pena que el tiempo de reposo se hubiera terminado ya.

—Y por eso es tan importante sembrar antes de que se ponga el sol —les dijo poniéndose de pie—. Los robles crecerán más rápido. Venga, andando.

Los niños, con la panza y la mente satisfechas, obedecieron sin rechistar. Los observó salir del límite del bosque. Los mayores escarbaban en la tierra, los pequeños depositaban las semillas y todos las cubrían con tierra. Después, los animales del bosque, cuando la luna reinara en la noche, se encargaría de regarlas con el agua mágica del lago.

—Cada vez la cuentas mejor —le dijo una voz familiar a su espalda.

—Gracias, la próxima vez podrías sentarte a escucharla con los niños.

—¿Y perder la costumbre de espiarte entre los árboles? Jamás.

Recibió el beso de Nía, la señora del bosque, como tantas veces antes durante más primaveras de las que cualquier humano normal era capaz de vivir. Formaba parte del bosque y, como a él, la mantenía con vida. ¿Durante cuánto tiempo? Hay preguntas que no hace falta que tengan respuesta.

AGRADECIMIENTOS

A Susana, mi mejor amiga en esta vida, en las pasadas y las futuras, y a su implacable boli rojo por ayudarme al principio del camino. A Nuria, porque su entusiasmo es como las pilas Duracell y, cuando a mí me flaquean las fuerzas, pienso que ella está deseando leer lo que yo escriba y recupero toda la energía. A J. A. por betear una de las primeras versiones, mostrarme las costuras y darme la clave para que esta historia fuese como yo sentía que tenía que ser. A Almudena, que me dio los últimos empujones y me obligó a ir un poco más allá, hay escenas que no se sostendrían de no ser por su ojo clínico y el prólogo habría sido un horror. Y a Ester, mi señora esposa, por muchas cosas, pero, sobre todo, por llevarse más de una vez a los peques sin que yo se lo pidiera para que pudiera escribir a solas. Sin la ayuda de todas estas personas este libro habría sido muy distinto y, posiblemente, no hubiera llegado nunca a tus manos.

Gracias, también, a LES Editorial por apostar por *Nía* y tratarla con tanto mimo.

Nos encantaría saber qué te ha parecido este libro.
¿Nos lo cuentas?

 LESeditorial
 les_editorial
 LESeditorial

www.leseditorial.com
info@leseditorial.com

Pasa la página >>>

DESCUBRIÓ QUE NO
SOLO LOS LABIOS,
CUANDO SE JUNTABAN,
ERAN CAPACES DE
CREAR DIFERENTES
DANZAS, TAMBIÉN QUE
CADA PARTE DE SUS
CUERPOS POSEÍA LAS
SUYAS PROPIAS Y QUE
SE PODÍAN COMBINAR
ENTRE SÍ DE INFINITAS
FORMAS

Nía - Patricia Reimóndez Prieto